ハルカの世界

作 小森香折
絵 さとうゆうすけ

BL出版

ハルカの世界

1

（あ、また来れた）

夢《ゆめ》うつつに、遥《はるか》の胸《むね》がときめいた。

そこは、なかば水没《すいぼつ》した巨大樹《きょだいじゅ》の森だった。白い小船に乗り、水路を進む自分がいる。

息をのむほど美しく、また見たいと願っていた夢だ。この水路の夢を見るのは、これで三度目だろうか。

小船は卵《たまご》の殻《から》のように薄《うす》かったけれど、丈夫《じょうぶ》で安全だとわかっていた。自分がその風変わりな船を、たくみに扱《あつか》えるということも。華奢《きゃしゃ》な船には舵《かじ》がなく、自分の思い通りに操《あやつ》ることができるのだ。

白い小船は木々のあいだを縫《ぬ》って、ゆったりと進んでいた。太い枝《えだ》を張《は》った木が踊《おど》るように身をくねらせ、はるか高所《こうしょ》に緑の屋根をかけている。

透明《とうめい》な水に透《す》かして、からみあった根が水中に見えた。ごつごつした木の肌《はだ》は、濃《こ》い琥珀色《こはくいろ》をしている。水底《みなそこ》には、たなびく藻《も》のあいだに、桜色《さくらいろ》の花がびっしりと咲《さ》いていた。

（このあいだ来た時はべつの花が咲いていたから、季節が移《うつ》ったんだ）

そんなことを思い、遥《はるか》はうっとりと静謐《せいひつ》に身をまかせた。白い船は虹色《にじいろ》の水脈《みお》を曳《ひ》き、音もなく進んで行く。巨大樹《きょだいじゅ》の葉を通して差しこむ光で、あたりは早朝とも夕暮《ゆうぐ》れともつかない、淡《あわ》いエメラルドの色調《しきちょう》につつまれていた。

（なんて美しいんだろう。ほんとうに、こんなところが近くにあったら）

幸福感《こうふくかん》で目をつむりたくなったけれど、夢《ゆめ》が終わってしまいそうなのでこらえた。ふだん見る夢ときたら、たいていは悪夢《あくむ》で、なにか恐《おそ》ろしいものから逃《に》げまどうばかりなのだから。

船はいつのまにか、緑の蔦《つた》がカーテンのように垂《た》れている場所にたどり着いていた。ここまでは、前の夢でも来た。水底にはもう花はなく、白い砂《すな》が金をまぶしたようにきらめいている。

（このカーテンの先には、なにがあるんだろう。想像《そうぞう》を越《こ》えたすばらしい世界が、ひろがっているのかな）

けれど先へ進もうとして、遥《はるか》はためらってしまう。

（これは夢《ゆめ》だ。カーテンをくぐったとたん、学校の教室に出ちゃうかもしれない。しかもテストの最中《さいちゅう》で、まっ白な答案用紙を前に、とほうに暮《く》れるはめになるんだ）

ものごとが、自分に都合《つごう》よく進むはずがない。そんなふうに身がまえる癖《くせ》が、しっかり沁《し》みついている。

きらめく水路をふり返り、遥は迷《まよ》う。

夢は静けさの余韻《よいん》を残し、儚《はかな》く消えていった。

2

リビングの窓《まど》から差しこむ朝の光に、遥《はるか》は目をすぼめた。頭はまだ半分眠《ねむ》っている。

「なんで美術部《びじゅつぶ》にしたの？」

炊《た》き立てのご飯をぱくつきながら、明日香《あすか》が非難《ひなん》がましくいった。明日香は遥の二《に》歳《さい》上の姉。おなじ美咲《みさき》中学の三年生だ。

「絵なんて、ひとりでも描《か》けるじゃない。陰《いん》キャラに拍車《はくしゃ》がかかるよ」

明日香は、いつだって容赦《ようしゃ》ない。

「いいじゃないの。遥は絵が好きなんだし。おじいちゃんの物だって、むだにしたくないわよね？」

母親が遥を見て、にこりと笑う。遥は画家だった祖父《そふ》の画材を、遺品《いひん》としてもらっているからだ。

遥は魚の小骨《こぼね》がつかえたふりをして、返事をしなかった。母親が先回りして自分の気持ちを代弁《だいべん》するのは、ものすごくいやだ。間違《まちが》っていなくても、母親がいうと、とたんにうすっぺらく聞こえる。祖父《そふ》の古いイーゼルや絵の具箱が届《とど》いたとき、母親は「どうせなら新品をくれればいいのに」とけちをつけたくせに。

焼き魚の匂《にお》いにも、げんなりしていた。ほんとうはヨーグルトだけですませたいくらい、朝は食欲《しょくよく》がないのだ。けれど県内ナンバーワンの体操《たいそう》選手である明日香《あすか》のために、母親は毎日旅館で出てくるような朝食を用意する。だから遥《はるか》だって、我慢《がまん》してつきあうしかない。

リビングには明日香がこれまでに勝ち取ったメダルやトロフィーが、レオタードすがたの写真といっしょに、誇《ほこ》らしげに並《なら》んでいる。

遥は、小気味《こきみ》よい音を立てて漬物《つけもの》を食べている姉を見つめた。頭の形がいいから、ポニーテールがよく似合《にあ》う。小鹿《こじか》のように大きな目と、長い手足。目が細くてもっさりした自分には、まるで似ていない。はじめて会うひとにも、たいてい「え、明日香ちゃんの妹なの?」と驚《おどろ》かれる。

なにしろ遥《はるか》のほうは、逆上《さかあ》がりすらできない運動音痴《おんち》なのだ。幼《おさな》いころは、自分は養女《ようじょ》に違《ちが》いないと思っていた。貯金《ちょきん》をはたいてDNA鑑定《かんてい》を頼《たの》もうとしたこともある。中学生になったいまでは、神様というのは、ひどく不公平で意地悪《いじわる》なのだとあきらめているけれど。

「おふたりさん、頑張《がんば》れよ」

遠距離通勤《えんきょりつうきん》の父親は、先に家を出ていった。「おふたりさん」といっても、明日香《あすか》にむけられた言葉《ことば》だと、遥はわかっている。母親も旺盛《おうせい》な食欲《しょくよく》をみせる明日香を、とろけるような目で見つめていた。目に入れても痛《いた》くない、自慢《じまん》の娘《むすめ》。

比《くら》べられるのは苦痛《くつう》だけれど、遥だって、出来《でき》のいい姉を自慢に思っている。才能《さいのう》に恵《めぐ》まれているだけでなく、しっかり目標をさだめて努力しているからだ。勉強だって手抜《てぬ》きせず、いい成績を取っている。どんくさい自分がいじめられずにすんできたのも、人気者の姉のおかげだとわかっていた。

ただ遥には、文句《もんく》のつけようのない姉が、まぶしすぎるのだ。そして「明日香ちゃんの妹」でしかない自分に嫌気《いやけ》がさしてくる。

できれば、姉とはべつの中学に行きたかった。でも明日香《あすか》の体操《たいそう》クラブや遠征《えんせい》にお金がかかるのを知っているので、私立《しりつ》に行きたいとはいえなかったのだ。

紺《こん》ブレにチェックスカートの制服《せいふく》を着た明日香と遥《はるか》は、お弁当《べんとう》を渡《わた》されて、いっしょに家を出た。

むかいにテニスコートがある自宅《じたく》マンションは、並木道《なみきみち》で美咲《みさき》ニュータウン駅とつながっている。駅前には大型《おおがた》のショッピングモールがあって、モーニングをだすカフェからコーヒーの香《かお》りが吐《は》きだされていた。

美咲ニュータウンは緑が多く、住みたい街《まち》ランキングの上位に入る郊外《こうがい》の街だ。でも遥はときどき、こぎれいなマンション群《ぐん》や駅ビルが、お菓子《かし》の空《あ》き箱《ばこ》のように、ぺしゃんとつぶれるところを想像《そうぞう》してしまう。

ぺしゃん。

「なに考えてんの？」

明日香《あすか》が眉《まゆ》をひそめて遥《はるか》を見る。ぼーっとする癖《くせ》を、明日香は「遥の幽体離脱《ゆうたいりだつ》」と呼《よ》んで嫌《きら》っている。

「明日香、おっはよー」

姉の友人が駆《か》け寄《よ》ってきたので、遥は答えたくない問いから解放《かいほう》された。日々のスケジュールをきっちりこなしている姉から見れば、自分の空想など、意味不明でしかないだろう。

(お姉《ねえ》ちゃんは、しっかり地《ち》に足をつけて生きている。わたしはなんだって、糸の切れた凧《たこ》みたいに、ふらふらしているのかな)

書き割《わ》りの街《まち》で生きているような気がして、すかすかした不安がまといついてくる。こんな気持ちは、自分だけのものなのか。

遥は友人としゃべっている姉から離《はな》れて、線路にかかる陸橋《りっきょう》を歩いていった。井上《いのうえ》という名字《みょうじ》はめずらしくないから、名前だけで姉妹《しまい》だとばれる可能性《かのうせい》は低い。でもいっしょにいるところを見られたら、「お姉さんとは、ぜんぜん似《に》てないね」のせりふ

が待っている。

きょうも風が強く、髪《かみ》の毛がバサバサと顔をたたく。美咲《みさき》中学の通学路に植えられた桜《さくら》は、もうすっかり葉桜《はざくら》になっていた。

3

世界の果《は》てよりもはるかに遠く、ここではないどこかに、アウレリアという名の王国がある。

夢《ゆめ》の楽園《らくえん》と呼《よ》ばれるその国は、貴重《きちょう》な宝石《ほうせき》のごとく、魔法《まほう》の防壁《ぼうへき》で守られていた。そのむかし、アウレリアには夢魔《むま》という闇《やみ》の生きものが住んでいた。夢魔は黒い唾《つば》を吐《は》いて草木《くさき》を枯《か》らし、住人たちを悪夢《あくむ》で苦しめた。

偉大《いだい》な魔法使いだった王は夢魔を追放《ついほう》し、アウレリアが永遠《えいえん》の楽園となるように魔法をかけた。そしてその代償《だいしょう》として、みずからを凍《こお》った湖の中に封《ふう》じこめたのだ。


「わたしは氷の中で眠《ねむ》ろう。

アウレリアが永遠に、美しい夢で満《み》たされるように」

氷は盛《さか》りの陽光のもとでも溶《と》けることはなくなり、湖は氷月湖《ひょうげつこ》と呼《よ》ばれるようになった。以来、アウレリアの王は少しも変わらぬすがたのまま、氷の下で眠《ねむ》り続けている。

自分に代わってアウレリアを治めさせるために、王は四人の司《つかさ》を選び、おのおのに魔法《まほう》の杖《つえ》を与《あた》えていた。司たちはそれぞれ風の司・月の司・鳥の司・花の司と呼ばれ、代々《だいだい》すぐれた魔女が引きついでいる。

満月の晩《ばん》には、四人の司は氷月湖のほとりに立つ城《しろ》に集《つど》った。今宵《こよい》は満月。夜空には虹《にじ》のように星の帯がきらめき、大小の塔《とう》をもつ白亜《はくあ》の城は、つややかに光っている。城のバルコニーに立っているのは、集会にはいつも一番乗りをする、風の司のビーだ。渦巻《うずま》き型《がた》の杖をもち、まだら模様《もよう》のマントをはためかせている。

ビーは、氷の下で眠るアウレリアの王を見下ろしていた。若々《わかわか》しくも厳《おごそ》かな表情《ひょうじょう》の王は、いまにも目覚《めざ》めそうな気配《けはい》をまといつつ、まぶたを閉《と》じている。王の端正《たんせい》な顔に見とれ、ビーは、ほっとため息をついた。

（やすらかな寝顔《ねがお》をしていらっしゃる。きっと終わりのない、美しい夢《ゆめ》をご覧《らん》になっているのだわ）

ビーは王の眠《ねむ》りが永遠《えいえん》に乱《みだ》されないことを願った。というのも王に追放された夢魔《むま》は、なんとかアウレリアに戻《もど》り、王の魔法《まほう》を破《やぶ》ろうともくろんでいたからだ。それを阻《はば》むのも、司《つかさ》たちの大切な役目だった。

風の司ビーは、月の司がやって来たのに気づかなかった。ほの白く光る杖《つえ》をもち、白銀《はくぎん》の衣《ころも》をまとった月の司セルは、音もなく風の司の横に立った。

「月明りの下で拝見《はいけん》すると、王はどことなく、もの悲しいお顔に見えますね」

「まあセル、びっくりさせないで！」

風の司は目をむいて、マントをはためかせた。

「まったく、忍《しの》び寄《よ》るのがうまいんだから。それに、もの悲しいってことはないでしょう？　いつもとお変わりない、静かで威厳《いげん》のあるお顔だわ」

「でも、微笑《ほほえ》まれてはいらっしゃらない」

銀髪《ぎんぱつ》のセルがつぶやくと、ビーはぎょっとしたようにあたりを見まわした。

「ちょっと！　めったなことをいうものじゃないわ。シレーヌがその話を蒸《む》し返したがらないのは、あなただって知っているでしょう？　わたしたちが束《たば》になったって、あのひとの魔力《まりょく》にはかなわないんですからね」

いちばん年長《ねんちょう》の司《つかさ》のセルは、静かに微笑《ほほえ》んだ。

「結界を張《は》りましたから、手下のハーピーに盗《ぬす》み聞きされる心配はありません。でも、そろそろ黙《だま》りましょう。シレーヌびいきのひとが来ましたから」

セルがそういい終わらないうちに、ロラがすがたをあらわした。蔦《つた》のからまる木の杖《つえ》をもつ、花の司だ。髪《かみ》には香草《こうそう》を編《あ》んだ冠《かんむり》をつけ、花を散りばめたドレスを着ている。いちばん年下の司で、頬《ほほ》は薔薇色《ばらいろ》に染《そ》まっていた。

「どうやら、まにあったようですね！」

鳥の司シレーヌが来ていないのを見たロラは、あからさまにほっとした。

「花のようすを見回っていたら、つい遅《おく》れてしまって」

「枯《か》れた花があったというのは、ほんとうなの？」とビーが気づかわしげに尋《たず》ねる。

ロラは、せわしなくまばたきをした。

「枯れたなんて、おおげさですわ。葉の先がちょっと変色していただけで」

セルは落ちつかなげなロラを見て、花の状態《じょうたい》は思ったより悪かったのだろうと考えた。ロラは、都合《つごう》の悪いことはいわない性質だ。

「些細《ささい》なことだって、ゆるがせにできないわ。アウレリアは楽園《らくえん》なのよ！　ほんの少しの瑕《きず》だって、あってはならないの。夢魔《むま》が入りこんでいないか、防壁《ぼうへき》を確《たし》かめないと」

ビーが、いらいらと手を動かした。そのはずみで、ひゅっとつむじ風が起こる。

セルは、アウレリアの周囲に渦巻《うずま》いている闇《やみ》を想《おも》った。魔法《まほう》の防壁に少しでもほころびがあれば、夢魔はすかさず、つけこんでくるだろう。

セルの心配をよそに、ロラは肩《かた》をすくめた。

「大騒《おおさわ》ぎする必要があるでしょうか。わたしが息を吹《ふ》きかけたら、傷《いた》んだ葉はすぐに、もと通りになったのですよ」

「そもそも、葉が傷《いた》んだことが問題なのよ」と、風の司《つかさ》が息巻《いきま》く。

セルは、風の司をなだめるようにいった。

「四人の司が協力しなければ、アウレリアは守れません。あんな騒《さわ》ぎがあったのですから、夢魔《むま》がつけこんできても不思《ふし》議《ぎ》はないでしょう」

ロラは、ぴくりと眉《まゆ》を上げた。

「ええ、そうかもしれませんね。なにしろ前の司が禁忌《きんき》を犯《おか》したのだし」

「でもそれで、あなたは得をしたわよね」とビーが思わせぶりにいう。

「まぁ、いったいなにがおっしゃりたいの？」

「ふたりとも、落ちついて」

セルは静かに、たしなめた。

「かつて、アウレリアに『ユーレ』と呼《よ》ばれる災《わざわ》いの年があったのを知っているでしょう？　夢魔が侵入《しんにゅう》して木々は枯《か》れ、川には死んだ魚が浮《う》いたといいます。その発端《ほったん》は、司《つかさ》どうしの不和だったのですよ」

ロラは不満げな顔をした。

「でも、けっきょく夢魔《むま》を追いだすことができたのでしょう？　アウレリアは美しいままですもの」

「わかっていないわね。そもそも危機《きき》が訪《おとず》れないようにするのが、わたしたちの役目なのよ！」

ビーが渦巻《うずま》き型《がた》の杖《つえ》をかかげると、マントがバタバタとはためいた。しかしそれは自分で起こした風のせいではなく、城《しろ》に近づいて来る黒雲《くろくも》のような一群《いちぐん》にあおられたものだった。空気を切り裂《さ》く、荒々《あらあら》しい羽ばたきの音がする。

「いらしたわ」

ロラは髪《かみ》をととのえ、冠《かんむり》の位置を直す。

黒雲に見えていたものは、あっというまに城の上空に達《たっ》した。それはひとの顔をもつ黒い翼《つばさ》の猛禽《もうきん》、ハーピーたちの群《む》れだった。

先頭に立っていた一羽が、ひらりとバルコニーに降《お》り立った。ほかの鳥たちはするどい鳴き声をあげて、城《しろ》の屋根に取りついた。

バルコニーの化鳥《けちょう》は、すぐさま黒マントをひるがえした女にすがたを変えた。鳥の頭がついた杖《つえ》をもつその女は、鳥の司《つかさ》シレーヌ。濡《ぬ》れたように艶《つや》めく黒髪《くろかみ》が、背中《せなか》まで垂《た》れている。なにごとも見逃《みのが》さないその瞳《ひとみ》は、らんらんと輝《かがや》いていた。

ロラが深々と、ビーとセルはひかえめに、シレーヌに一礼する。

「お待たせ」

よく響《ひび》く声でそういうと、シレーヌは湖の王に愛《いと》しげな視線《しせん》を投げた。

「凍《い》てついた氷の中にいらしても、脈打つ鼓動《こどう》が聞こえてくるようだわね」

三人の司とともに会議の席につくと、シレーヌは壁《かべ》に刻《きざ》まれた碑文《ひぶん》に目をむけた。

「赤い月が昇《のぼ》るとき
王は眠《ねむ》りから目覚め

「永遠《えいえん》の妃《きさき》をめとる」

自分がその妃になることを、シレーヌは露《つゆ》ほども疑《うたが》っていなかった。

4

クラスであぶれたら、どうしよう。

美咲《みさき》中学に入るまで、遥《はるか》はそんな不安にさいなまれていた。

おなじ小学校だった同級生はいても、ゆいいつ親しかった子は、私立《しりつ》中学に進学してしまった。ぜったい連絡《れんらく》すると約束していたのに、卒業してからは音沙汰《おとさた》がない。

(ひとりきりでお弁当《べんとう》を食べるはめになったら、最悪)

「あ、おそろい」

ふり分けられたクラスですくみあがっていた遥は、かわいらしい声の女の子に話しかけられた。鞄《かばん》につけていたキャラクターのぬいぐるみが、たまたま同じだったのだ。

それがサーヤこと中田紗矢《なかたさや》で、遥は思いがけず、サーヤが属《ぞく》する三人組に混《ま》ざるかっこうになった。あとのふたりは、なっちゃんとキヨ。なっちゃんはアイドルみたいな美少女だし、キヨはショートヘアが似合《にあ》う、運動神経《しんけい》が良さそうな子だ。

三人とはべつの小学校だったから、思い出話がはじまると、遥《はるか》は置いてきぼりになる。けれど四人グループの一員になれたことは、目もくらむような幸運だった。偶数《ぐうすう》は正義《せいぎ》。ペアを組める相手がいることは、学校生活の大切な保険《ほけん》だ。小学校の時はいつだって、あぶれ者どうしで仕方《しかた》なく組むような相手しかいなかった。

三人とも素直《すなお》で明るくて、「変わってる」ところはひとつもないように見えた。自分が大嫌《だいきら》いだったり、屋上から飛び降《お》りて地面にたたきつけられるところを想像《そうぞう》したりしない子たち。自分はどうして生きているのだろうと、理由のない不安をかかえることのない、光の国の住人たちだ。

遥は三人と一緒《いっしょ》にいると、自分も「浮《う》いてない」子になれるような気がした。だから三人の前では、うっかり「おかしな」ことを口にしないように注意した。小学校のときの苦い経験《けいけん》があるからだ。

小三のとき、遥ははじめて、親友になれそうな女の子に出会った。八重歯《やえば》で、ひとなつっこい子だった。その子は遥を自分の家に招《まね》いて、だれにも見せたことがないという、秘密《ひみつ》の宝箱《たからばこ》を見せてくれた。

感激《かんげき》した遥《はるか》は、「遥ちゃんの秘密を教えて」といわれ、「絵の中に入ったことがある」と打ち明けてしまったのだ。祖父《そふ》が描《か》いた花畑の絵に、入りこんだことがあったから。だれにもいわないと約束したのに、相手の子は、たちまちその話を学校でいいふらした。遥は「不思議ちゃん」とあだ名をつけられ、さんざんからかわれる羽目《はめ》になったのだ。

本気で自殺を考えたくらい、つらかった。あんな思いは、もう二度とごめんだ。

幸か不幸か、サーヤたちは美術《びじゅつ》にあまり関心がなかった。サーヤはテニス部で、なっちゃんとキヨはバスケ部。アニメの話ならともかく、ラファエル前派《ぜんぱ》が好きだなんていっても、三人を退屈《たいくつ》させるだけだ。

（美術部には、趣味《しゅみ》の合う子がいるといいな）

人見知りの遥は緊張《きんちょう》しきって、はじめての部活に参加した。

一階のはしにある美術室は、テレピン油《ゆ》と絵の具と粘土《ねんど》の匂《にお》いがした。絵の具の匂いは心を落ちつけたが、棚《たな》の上には遥《はるか》が苦手《にがて》な石膏像《せっこうぞう》が並《なら》んでいた。古典的な頭像《とうぞう》たちが、ふいに自分に目をむけそうで怖《こわ》い。

遥は石膏像に背《せ》をむけて、ちょこんとはじに座《すわ》った。上級生たちは場《ば》になじんでいるので、だれが新入部員かは、すぐにわかった。遥のほかに女子が三人と、男子がひとり。見まわしたところ女子が多いので、ぽっちゃりした男子の一年生は、しきりに貧乏《びんぼう》ゆすりをしている。

「美術部《びじゅつぶ》へようこそ」

張《は》りのある声で遥たちを見渡《みわた》した先輩《せんぱい》は、りっぱな胸《むね》をしていた。顔つきもしっかりして、もう子どもを育てあげたような貫禄《かんろく》がある。

「わたしは部長の江川菜摘《えがわなつみ》といいます。といっても三年生は夏休みで引退《いんたい》するから、後半の部活をまとめるのは副部長の伊武《いぶ》くんになるんだけど」

「副部長で二年の伊武蒼汰《そうた》です」

紹介《しょうかい》されて軽く頭をさげた蒼汰は、髪《かみ》の毛がさらさらで、どことなく中性的《ちゅうせいてき》な感じがした。

「美術部《びじゅつぶ》はほかの部活にくらべて自由なところがあって、いまも登録《とうろく》した八人のうち、三人は来てないみたいね」

名簿《めいぼ》を見ながら、江川部長が残念そうにいった。

「作品をつくる作業はひとりひとりだけれど、幽霊《ゆうれい》部員にはなってほしくないな。まあ、中には展覧会《てんらんかい》に作品をだすだけって猛者《もさ》もいるんだけど。文化祭には、共同制作《せいさく》も考えているのよね？」

話をふられた蒼汰《そうた》がうなずいた。

「去年は美術部総出《そうで》で壁画《へきが》パネルをつくったんだ。今年は書道部と合同でなにかやろうかって話もある。具体的になにをするかは、きみたち新入生もふくめて検討《けんとう》していくけど」

一年間のスケジュールをざっと説明すると、部長はあらためて遥《はるか》たちに目をむけた。

「じゃあ新入生に、ひとりずつ自己紹介《じこしょうかい》をしてもらおうかな」

とたんに蒼汰《そうた》が「げっ」と声をもらした。

「なによ」と、江川部長が蒼汰を見る。

「いや、ぼく、自己紹介《じこしょうかい》って苦手《にがて》で。ひとがさせられるのを見るだけで、胃が痛《いた》くなるんですよ」

「そうそう、去年の副部長の自己紹介は傑作《けっさく》だったのよ。いったい、なんていったと思う？」

部長は、蒼汰の口調《くちょう》をまねてみせた。

「『自己紹介といわれてもですね、名前もルックスも生まれた場所も、自分で選んだものはひとつもないわけです。自分って、いったいなんなんでしょう』」

「部長、かんべんしてくださいよ。いやー、まいったな、青いなあ。そういうことがいいたい年ごろだったんだな」

蒼汰がさかんに頭をかき、笑いが起こった。自己紹介が大の苦手の遥《はるか》は、少し緊張《きんちょう》がほぐれた。

(美術部《びじゅつぶ》って、思ったより楽しそう。わたしなんかでも、受け入れてもらえるかも)

せっかくほっとしたところに、部長が思いがけないことをいいだした。

「たしかに、自己紹介《じこしょうかい》は作品でしてもらうのがいちばんよね。新入部員には五月末《まつ》の校内展《こうないてん》に、自画像《じがぞう》をだしてもらうのが伝統《でんとう》なの」

(自画像?)

新入生たちは、ありがたくなさそうな顔をした。中でもショックを受けたのは遥《はるか》だ。植物や風景を描《か》くのは好きだけれど、人物像は苦手だ。まして自分を描くなんて。

「ヌードでもいいんですか?」

ひとりの女子が平然ときいたので、遥はびっくりした。ストレートヘアに縁《ふち》の赤い眼鏡《めがね》をかけた、大人《おとな》びた子だ。

「もちろん」と、こちらも平然と蒼汰《そうた》が答えた。ほかの上級生たちは、顔を見合わせている。

「自画像といっても、自由な発想で描いてもらってかまわないのよ」と部長がいった。

「証明《しょうめい》写真みたいな肖像画《しょうぞうが》を期待してるわけじゃないから。もちろん絵じゃなくてもかまわないし。既成概念《きせいがいねん》をとっぱらうのは大歓迎《だいかんげい》」

「そうそう。いいアイデアが浮《う》かばなかったら、名画をパクる手もある」

蒼汰《そうた》がそういうと、江川部長が眉《まゆ》を上げた。

「お、それ、自分でいう？」

「つっこまれる前にいっとこうと思って。新入生のみなさん、部長はサドっけがあるけど気にしないように」

「だれがサドなのよ」

ふたりの漫才《まんざい》に場《ば》はなごんだが、遥《はるか》の顔は、ひきつったままだった。

（鏡を見るのだって嫌《きら》いなのに。自画像なんて描《か》きたくない）

ほかの新入生は、どんな自画像を描くのだろう。ヌードでもいいのかときいた子は、自己紹介《じこしょうかい》で「柳原瑠衣《やなぎはらるい》」と名乗っていた。

家に帰っても、遥《はるか》は自画像《じがぞう》のアイデアがさっぱり浮《う》かばなかった。ほんとうに描《か》きたいのは、夢《ゆめ》で見た水路だ。美術部《びじゅつぶ》に入ったのも、少しでも、あの美しさを表現《ひょうげん》できるようになりたいと思ったからだった。

宿題を片《かた》づけた遥は、美術部の副部長、伊武蒼汰《いぶそうた》を思いだしていた。

(首も、まつ毛も長い先輩《せんぱい》だったな)

自分は変態《へんたい》なのかと心配になるのだけれど、遥はもとから、男子の首筋《くびすじ》に弱いのだ。蒼汰はものいいもおっとりしていて、同級生の男子のように乱暴《らんぼう》だったり、子どもじみたところがなかった。さすがに中学生は、小学生とは違《ちが》う。ひとつ上なだけなのに、自分とは別世界のひとみたいだ。

遥はベッドに入って、からだを丸めた。

(また、あの水路に行けますように)

願いもむなしく、遥が見たのは空飛ぶ化けものに追われている、おなじみの悪夢《あくむ》だった。

遥《はるか》は暗い林の中を逃《に》げまどっていた。いつもと違《ちが》うのは、ときおり木々を透《す》かして、白っぽい動物のすがたが遠くに見えることだ。

（あの動物は味方《みかた》みたいな気がする。声をかければ、助けてくれるかも）

けれど走っても走っても、その白い動物もおなじように遠ざかり、いつまでも距離《きょり》は縮《ちぢ》まらないのだった。

5

「いつ来ても、いい匂《にお》いだな！」

パドリンは果樹林《かじゅりん》の芳醇《ほうじゅん》な空気をかぎ、籠《かご》をかかえているペルルにいった。

パドリンとペルルは、アウレリアに住む生きもの。パドリンは長耳《ながみみ》で、しっぽが丸い。ペルルはトカゲのように尖《とが》った顔で、首にリボンを巻《ま》いている。

ふたりとも、自分たちのようすを、たいそう気に入っていた。アウレリアの生きものがみなそうであるように、やわらかな大地を踏《ふ》みしめるたびに、ふくふくと幸せな気分になる。

「わたしのお気に入りは、この樹《き》よ。ここのリンゴが、いちばんだと思うわ」

ペルルは、一本の樹を見あげた。赤いリンゴと緑のリンゴが、びっしり咲《さ》いた白い花のあいだにのぞいている。

「へえ。ぼくは、黄金色《こがねいろ》のリンゴがいちばん好きだな。かぶりつくと、したたり落ちるしずくも蜂蜜色《はちみついろ》のやつさ」

パドリンはつやつやした赤リンゴをもいで、かりっと歯を立てた。

「うん、これだって悪かない」

「悪かないですって？　パドったら、ほんとに口がおごっているのね」

ペルルは笑って、綺麗《きれい》な青リンゴをえらんだ。そしてひと口かじると、微妙《びみょう》な顔つきになった。

「どうかしたのかい？」

パドリンはリンゴをしゃくしゃく噛《か》みながら、ペルルにきいた。

「おいしくなくはないけど。なんだか、いつもと違《ちが》う」

「じゃあ、べつのを試《ため》してみたら？　これなんか良さそうだよ」

ペルルはパドリンがもいでくれた赤リンゴをかじって、やっぱり首をふった。

「なんだか水っぽいわ。これまでは、一度もそんなことがなかったのに」

「気のせいじゃないかい？　色もいいし、蜜《みつ》だってたっぷり入ってる」

「見た目じゃなくて、味の話よ」

ペルルがそういったとたんに、ひとつのリンゴが、ぽとりと地面に落ちた。ペルルとパドリンは、茶色く変色したリンゴを、こわごわと見つめた。

「これ……なに？」

「なんだろう。知らない種類のリンゴかな」

パドリンは首をかしげた。腐《くさ》った果実《かじつ》など、見たことがなかったのだ。

地面に落ちたリンゴからは、いやな匂《にお》いがした。腐敗《ふはい》と死の臭《にお》い。ふたりは怖《こわ》くなって、落ちたリンゴからあとずさった。

「これは報告《ほうこく》したほうがいいかもしれないな。植物のようすがおかしいときは、ロラさんが治してくれるんだ」とパドリンがいった。

「ロラ？　ああ、あたらしい花の司《つかさ》ね。どうして花の司が急に替《か》わっちゃったのかしら」

ペルルはパドリンをのぞきこんだ。

「パドなら、くわしいことを知っているんじゃない？　報告書《ほうこくしょ》を運ぶ係ですもの」

「そりゃ、少しはね」

パドリンは、まんざらでもなさそうな顔をした。

「なんでも、前の花の司《つかさ》が決まりを破《やぶ》ったらしいよ。眠《ねむ》ってる王さまを起こそうとしたんだって」

「まあ、いったいなんでそんなことを？」

「王さまのお妃《きさき》になりたかったみたい。王さまはいずれ目を覚まして、お妃を選ぶそうだから」

「王さまが目を覚ます？　でも王さまはアウレリアが楽園《らくえん》のままでいるように、眠っているのでしょう？　王さまが目を覚ましても、大丈夫《だいじょうぶ》なのかしら」

パドリンは答えに困《こま》って、鼻をこすった。生まれたときから満ち足りているので、ものごとを深く考えたことがないのだ。

「王さまが幸せな結婚《けっこん》をなされば、アウレリアはますます栄えるだろうさ。それ以外に、なにが起きるっていうんだい？」

それを聞いても、ペルルの心は晴れなかった。

「ぼくは鳥の司《つかさ》のシレーヌさんが、お妃《きさき》になるんだと思うな。なにしろ、あんなに綺《き》麗《れい》で強いんだから」

「ええ、とても綺麗なひとよね。でもわたし、まわりにいるハーピーたちは、あんまり好きじゃないわ。なんだか見張《みは》られているような気がするの」

パドリンは、ひょいと肩《かた》をすくめた。

「ハーピーが見張っているのは夢魔《むま》さ。シレーヌさんは、ぼくたちを守ってくれているんだ。さあ、リンゴを集めよう。じゃないと、お茶の時間にアップルパイが食べられないよ」

ふたりはせっせとリンゴの実をもいだ。果樹園《かじゅえん》のはしで、細長い影《かげ》がヘビのように枝《えだ》をつたい、腐《くさ》ったリンゴが、またひとつ地面に落ちた。けれどペルルもパドリンも、それに気づかなかった。

6

「自分が好きなものの写真を撮《と》って、それをコラージュして自画像《じがぞう》にするつもり」

人差し指で眼鏡《めがね》をずり上げ、柳原瑠衣《やなぎはらるい》がいった。コラージュというのは、写真や布や切り抜《ぬ》きなど、絵の具以外の材料を使って画面をつくる技法《ぎほう》だ。

「あ、そうなんだ」と、おなじ新入部員の渋谷寛之《しぶたにひろゆき》が、目をぱちぱちさせる。

「ヌードは描《か》かないわよ。あれは、たんなる質問《しつもん》」

あたりまえでしょといいたげに、瑠衣は寛之をにらんでみせる。

「いいアイデアだね」

瑠衣のプランを聞いて、遥《はるか》はすっかり感心してしまった。できれば真似《まね》したいくらいだ。なんといっても、自分の顔を描かなくてすむ。

レンブラントが好きだという寛之は、油絵で「ふつうに」自画像を描くつもりだといった。寛之は斜視《しゃし》のせいか、どこを見ているのかわからない目つきで、遥は好《この》もしく思った。真正面から見つめられるのは苦手だ。きょう部活に来ている一年生は三人だけで、遥《はるか》が仲よくなれそうだと期待していた、おとなしそうな女子は来ていない。

「あなたのプランは？」と瑠衣《るい》にきかれ、遥は口ごもった。眼鏡《めがね》越しにじっと見つめられ、圧《あつ》を感じてしまう。

「まだ決めてないの。もともと人間を描《か》くのが得意じゃないし……。風景をメインにして、自分は水に映《うつ》る影《かげ》にする、とか」

「影だけ？　それもおもしろいわね」

瑠衣が先輩《せんぱい》のような口ぶりでいうと、寛之《ひろゆき》も神妙《しんみょう》にうなずいた。

上級生たちが作業をはじめたので、遥たちもおしゃべりをやめて席についた。上級生は油絵が多かったが、粘土《ねんど》をこねているひともいる。副部長の蒼汰《そうた》は、針金《はりがね》をより合わせていた。

（なにを作っているんだろう？）

遥は蒼汰の器用な指先と、ひたいにかかった髪《かみ》を盗《ぬす》み見た。集中しているので、くちびるをとがらせている。

江川部長が遥《はるか》たちにいった。

「外で写生したり、コンピューターアートをつくってる部員もいるの。小坂先生は、CGは好きじゃないんだけどね。でも口だしはしないで、なんでも好きにやらせてくれるわ」

美術《びじゅつ》の小坂先生は美術部の顧問《こもん》で、ほかの先生たちとは雰囲気《ふんいき》が違《ちが》う。白髪《しらが》まじりの髪《かみ》は、いつもくしゃくしゃ。初老で体格《たいかく》が良く、よれよれだけれど、色合いが独特《どくとく》なシャツを着ている。いかにも芸術家といった感じだ。

遥は画家だった祖父《そふ》のことはあまり覚えていないが、小坂先生とどことなく似《に》ている気がした。祖父について覚えているのは、頬《ほお》ずりされるとヒゲがこそばゆかったということと、散歩のとちゅうで川を見下ろしたときに、いわれたことだ。

「ほら、よくご覧《らん》。水っていうのは水色じゃないだろう？」

見下ろした川は、たしかにクレヨンの水色とは似ても似つかない色をしていた。

祖父《そふ》は油絵を得意にしていたが、遥《はるか》は自画像《じがぞう》には水彩画《すいさいが》を描《か》くつもりでいた。祖父の遺品《いひん》の中に、ほぼ新品の水溶性色鉛筆《すいようせいいろえんぴつ》のセットがあったからだ。スイス製《せい》の高価《こうか》な色鉛筆で、発色がすばらしい。

いちばん描きたいのは、鉛筆か黒チョークで線を描いて、部分的に水彩をのせる絵だった。ただ、それにはかなりのデッサン力がいる。

祖父の遺品の鉛筆で下絵を描いていると、エプロンをつけた調理の先生が美術室《びじゅつしつ》をのぞきこんだ。

「小坂先生、いらっしゃる？」

部長が立ち上がって準備室《じゅんびしつ》の扉《とびら》をたたくと、小坂先生が顔をだした。粘土《ねんど》でよごれた手を洗《あら》い、調理の先生といっしょに出ていく。

遥の不思議そうな顔つきを見て、蒼汰《そうた》がいった。

「小坂先生は彫塑《ちょうそ》が専門《せんもん》だから、パン生地《きじ》をこねるのがうまいんだよ。あれはけっこうな力仕事だからね」

だから小坂先生の腕《うで》はたくましいのかと、遥《はるか》は納得《なっとく》する。

「小坂先生、わたしたちにアドバイスしてくれたりするんですか？」と、蒼汰《そうた》のむかいにいた瑠衣《るい》が口をはさんだ。

「相談すれば親切に教えてくれるけどね。基本的《きほんてき》に放任主義《ほうにんしゅぎ》。先生も展覧会《てんらんかい》の準備《じゅんび》とかで忙《いそが》しいし」

「展覧会？」

瑠衣の目が、眼鏡《めがね》の下で見開かれた。

「秋に県立美術館《びじゅつかん》で先生の個展《こてん》があるんだよ」

「えっ、もしかして小坂先生って有名なんですか？」

「有名っていうか、いいものをつくるひとだよ。見た目と違《ちが》って、作品はけっこう繊細《せんさい》」と蒼汰は瑠衣に答えた。瑠衣は興味《きょうみ》をひかれたらしく、蒼汰にあれこれ質問《しつもん》している。

（県立美術館で個展なんて、すごい）

小坂先生は教員として収入《しゅうにゅう》を確保《かくほ》したうえで、芸術《げいじゅつ》活動をしているのだろう。芸術だけで食べていけるひとはまれだから、賢《かしこ》い選択《せんたく》だと遥《はるか》は思う。

（そういう生き方もいいな。でも、それには美大に合格《ごうかく》できるだけの才能《さいのう》がないとね）

祖父《そふ》は、売れない画家だった。遥の父親は「親父《おやじ》は好き勝手やって、おふくろに迷惑《めいわく》ばかりかけていた」と、なにかにつけていう。父親が奨学金《しょうがくきん》で理系の大学を出たのも、「親父のように不安定な仕事じゃ家族を養《やしな》えないから」だ。遥が絵を描《か》くことについてはなにもいわないが、きっと喜んではいないだろう。

遥は自分が描いた下絵に目を落とした。モノクロの巨大樹《きょだいじゅ》の森。水中には桜草《さくらそう》のような花が咲《さ》いている。けれど、それは夢《ゆめ》で見た美しい風景には及《およ》ぶべくもない。

（あの世界を再現《さいげん》するなんて、やっぱり、わたしにはむりだ）

姉の明日香《あすか》のような、飛び抜《ぬ》けた才能は、自分にはない。名を成《な》すほどの画家たちは十代のはじめでも、目を見張《みは》るような作品を残しているというのに。

（絵の才能なんて、やっぱり生まれついてのものだよね。努力で、どうにかなるもの

じゃない）

気がくじけて、遥《はるか》はため息をついた。頭には完璧《かんぺき》なイメージがあるのに、それを絵にできないのがもどかしい。

それに、あの水路は自分だけの秘密《ひみつ》の世界だ。それを描《か》いて公開するなんて、それこそヌードをさらすより恥《は》ずかしいことなのでは？

下絵を描き直そうとして、遥は手を止めた。水底《みなそこ》に描いた花が、かすかにそよいだのだ。

（え？）

まばたきして、遥は画面に目をこらした。花弁《かべん》は、たしかに見えない水に揺《ゆ》れている。

ばさっ。

瑠衣《るい》が切り抜《ぬ》き用の雑誌《ざっし》を落とした音で、遥はわれに返った。あらためて見ると、下絵の花はもう動いてはいない。

（いやだ。またはじまったの？）

遥《はるか》は、ぎゅっと目をつむった。遥のそんなようすを、蒼汰《そうた》が不思議そうに見つめていた。

7

「災《わざわ》いの年（ユーレ）の資料《しりょう》は、これでぜんぶです」

司書のフクロウは、最後の一冊《さつ》を本の山に重ねた。

「お手数《てすう》をかけましたね」

月の司《つかさ》セルは礼をいった。

ここは記憶《きおく》の塔《とう》。アウレリアの図書館であり、資料庫でもある。塔の中央には螺旋《らせん》階段《かいだん》があり、壁《かべ》にぐるりとめぐらされた本棚《ほんだな》には、ぎっしりと書物《しょもつ》がつまっていた。

収蔵《しゅうぞう》される書物は年ごとに増《ふ》えていくので、それに合わせて、塔もゆっくりと成長していた。記憶の塔はふつうの建物《たてもの》ではなく、樹木《じゅもく》のような生きものなのだ。高く尖《とが》った塔の先端《せんたん》には、雲がまといついている。いっぽうで地下に張《は》った根は、地面から顔をだして別棟《べつむね》をつくり続けていた。

司書のフクロウたちは、羽音《はおと》を立てずに飛ぶすべを心得《こころえ》ている。だから塔に響《ひび》く物《もの》音《おと》といえば、司書たちがさらさらとペンを走らせる音と、慎重《しんちょう》にめくられるページが立てる、絹《きぬ》ずれのような音だけだ。

フクロウは大きな目をしばたかせて、積み上げた書物を見やった。前の花の司《つかさ》が、おなじ資料《しりょう》を調べていたのを思いだしたのだ。

セルが書見台《しょけんだい》に本をのせて読みはじめたので、司書はなにもいわず、ひそやかにその場を離《はな》れた。

セルは注意深く、古い年代記を読みこんでいった。災《わざわ》いの年（ユーレ）とは、そのむかし夢魔《むま》が侵入《しんにゅう》して、アウレリアに破滅《はめつ》の危機《きき》をもたらした年のことだ。


王が眠《ねむ》りについて、七百旬目《じゅんめ》の年（ユーレ）。

ふたりの司グリマとルシルは、王国一の魔法使《まほうつか》いの座《ざ》をかけて、激《はげ》しく争っていた。この諍《いさか》いのために魔法の防壁《ぼうへき》は弱まり、王国に夢魔が侵入した。夢魔は黒い唾《つば》を吐《は》いて樹木《じゅもく》を枯《か》らし、水を濁《にご》らせ、アウレリアの美を犯《おか》した。

眠《ねむ》りを乱《みだ》された王は氷の下で苦悶《くもん》に顔をゆがめ、息もたえだえとなった。王の苦しみを見たルシルは、ようやくおのれの非《ひ》を悟《さと》った。そして残るふたりの司《つかさ》と協力して、夢魔《むま》を退《しりぞ》けた。

夢魔に心を蝕《むしば》まれていたグリマは、夢魔が去ると命を落とした。王の眠りはふたたび安らぎ、あらたな司が選ばれた。

かくして滅亡《めつぼう》の危機《きき》を乗り越《こ》え、アウレリアは再生《さいせい》した。のちの者たちは、この災《わざわ》いの年（ユーレ）を良き教訓《きょうくん》とせよ。

年代記をくくるセルの顔が、憂《うれ》いをおびた。

(グリマとルシルが、なんの司だったかは書いていない。記録に残されていないことは、ほかにもあるはずね)

なにが書かれているかより、なにが書かれていないかが重要なのだ。セルの頭を悩《なや》ます城《しろ》の碑文《ひぶん》につながる記述《きじゅつ》は、どこを探《さが》しても出てこない。

「赤い月が昇《のぼ》るとき
王は眠《ねむ》りから目覚め
永遠《えいえん》の妃《きさき》をめとる」

赤い月とはなにか。眠る王は、いつか目覚めるのか。永遠の妃をめとるとは結婚《けっこん》を意味するのか、それとも比喩《ひゆ》か。

そもそもあの碑文《ひぶん》は、いつ、だれが刻《きざ》んだのだろう。知りたい答えは、なにひとつ見つからない。気になるのは、今年が災《わざわ》いの年（ユーレ）から、ちょうど七百旬目《じゅんめ》にあたるということだ。

（またアウレリアに、おなじような危機《きき》が訪《おとず》れるのでは？）

日が暮《く》れるまで熱心に資料《しりょう》をあさり続けたセルは、伸《の》びをすると、記憶《きおく》の塔《とう》を出て家に帰ることにした。

セルが手にした籠《かご》に息を吹《ふ》きかけると、そこに輝《かがや》く星屑《ほしくず》が宿《やど》った。星屑のランプを下げ、セルは夜の森を歩いた。新月の晩《ばん》だったので、蜂蜜色《はちみついろ》の月明かりは期待できなかったからだ。道を照らす夜会草《やかいそう》の花も、飛びかって歌う蛍《ほたる》も、めっきり少なくなった気がする。

(昔のほうがなにもかも美しかった気がするのは、年を取った証拠《しょうこ》ね)

目じりにかすかな皺《しわ》こそあったが、セルの衰《おとろ》えは、表に出てはいなかった。アウレリアの住人の老いはゆるやかで、苦痛《くつう》をともなわない。

ただ不死身《ふじみ》なのは王だけで、長命《ちょうめい》である司《つかさ》たちもまた、いずれ旅立ちの時が来る。いまの肉体と記憶《きおく》は消え、あらたな命をえて生まれ変わるのだ。

(セルとしての時は、どのくらい残されているのかしら)

セルは、つと歩みを止めた。木々の梢《こずえ》があやしく揺《ゆ》れ、根もとの影《かげ》が濃《こ》くなった。

(夢魔《むま》?)

セルはさっと身がまえたが、ゆらりと姿《すがた》をあらわしたのは、鳥の司シレーヌだった。

闇《やみ》の中にシレーヌの白い肌《はだ》が浮《う》き立ち、くちびるの色は黒ずんで見える。大きな瞳《ひとみ》は、なにかに憑《と》りつかれたように、底光りしていた。

「シレーヌ。あなたも夜の散歩ですか？」

動揺《どうよう》を隠《かく》して、セルは声をかけた。シレーヌの配下のハーピーたちが、まわりを囲んでいるのがわかる。

「静かな晩《ばん》ね、セル。あなたとは、一度ゆっくり話したいと思っていたの」

妖艶《ようえん》な声でシレーヌが答えた。これだけの色香《いろか》がありながら独身《どくしん》で過《す》ごすのも大変だろうと、セルはひそかに同情《どうじょう》した。四人の司《つかさ》は、恋人《こいびと》をもたない決まりだからだ。

「城《しろ》の碑文《ひぶん》には、王は赤い月が昇《のぼ》る時に目覚めると記《しる》されている。赤い月とは、いつ昇るのかしら？　月の司であるあなたなら、答えを知っているはず」

シレーヌが、ねっとりとした目でセルを見る。

「簡単《かんたん》なことです」とセルは答えた。「王が赤い月の夢《ゆめ》をご覧《らん》になれば、アウレリアに赤い月が昇る。それだけのこと。月の司とはいえ、月の色を操《あやつ》れるわけではありません」

「そんな答えで、わたしが納得《なっとく》すると思って？」

「さあ、どうでしょう。ひとは自分が聞きたい答えでなければ、なかなか納得しないものですから」

セルがそういうと、ハーピーたちが脅《おど》すように鳴いた。目をつり上げたシレーヌに、セルはおだやかに語りかけた。

「シレーヌ、あなたの魔力《まりょく》は群《ぐん》を抜《ぬ》いています。それにあなたは、だれよりも美しい」

（それがたいして意味のないことだとわかるには、あなたは若《わか》すぎるけれど）

「でも四人の司《つかさ》は、みな王に嫁《とつ》いだも同然の仲間《なかま》なのですよ。おたがいに争えば、災《わざわ》いの年（ユーレ）のあやまちを繰《く》り返すことになります」

「自分も王妃《おうひ》のひとりだというわけ？」

あざけるようにシレーヌがいった。

「比喩的《ひゆてき》には。もしも王が妃《きさき》をお選びになるなら、わたしでないことは確《たし》かですけれど」とセルは微笑《ほほえ》んだ。「わたしには、アウレリアを守ることがなによりも大切なのです。ときどき思うのですよ。夢魔《むま》に対する防壁《ぼうへき》は、外側だけでなく、内側にも必要ではないかと」

「それはどういう意味？」

「司《つかさ》たるもの、高潔《こうけつ》たるべしということでしょうか。あなたが王妃《おうひ》になることがアウレリアのためになるのなら、喜んで協力しましょう」

シレーヌは猛禽《もうきん》のような目で、セルにせまった。

「波風を立てずに、なにごとも丸く収《おさ》めるというのがあなたの流儀《りゅうぎ》なのね。でも、あなたの真意《しんい》はお見通しよ。わたしの邪魔《じゃま》をしようなどと思わないことね」

シレーヌが長い指を上げると、セルの喉《のど》がぐっとつまった。苦しげに喉を押《お》さえ、セルはがくりと膝《ひざ》をついた。

「月の司が死んだら、月が赤く染《そ》まるのかしら」

不気味《ぶきみ》なせりふを残して、シレーヌはハーピーたちをつれて夜空に飛び立った。その羽音《はおと》は、セルには夢魔《むま》のざわめきのように聞こえた。

しゃがみこんでいたセルは、シレーヌたちの気配《けはい》が遠ざかると、息をついて立ち上がった。多少おおげさにしてみせたものの、苦しかったのは本当だからだ。

(ええ、わたしの真意は違《ちが》いますとも。あなたの傲慢《ごうまん》と欲望《よくぼう》は、きっと災《わざわ》いを呼《よ》ぶ。なんとかして、それを防《ふせ》がないと)

8

遥《はるか》が風呂《ふろ》からあがると、居間《いま》から両親の声が聞こえた。母親の尖《とが》った声。父親はため息まじりに平静を保《たも》っている。家族の抗議《こうぎ》は受け流すのが、父親の主義《しゅぎ》なのだ。

母親が父親に、正面から文句《もんく》をいうのはめずらしい。立ち止まって聞き耳を立てていると、ミネラルウォーターを手にした明日香《あすか》がキッチンから出てきた。

「奈良《なら》のおばあちゃんのこと」と、明日香はささやいた。父かたの祖母《そぼ》は七十代で、遠方でひとり暮《ぐ》らしをしている。画材の遺品《いひん》を遥にくれたひとだ。

「おばあちゃんに、なにかあったの？」

「持病が悪化して、もうひとりじゃむりでしょって話。老人ホームか、うちで引き取るかでもめてる。お父《とう》さんは、こっちに呼《よ》びたいみたい。もともとマザコンだもんね」

「お母《かあ》さんは反対？」

「長男でもないのにって渋《しぶ》ってるけど、おじちゃんはアメリカで単身赴任《ふにん》だし。ま、けっきょく世話《せわ》すんのはお母《かあ》さんだからね。でもおばあちゃんがうちに来るんなら、あたしらおなじ部屋《へや》にされるよ。それはキツいな」

明日香《あすか》はミネラルウォーターをあけ、ぐびぐびと飲んだ。

「おばあちゃんが同居《どうきょ》するとなったら、うちの中がいろいろ変わるね」

「面倒《めんどう》なほうにね。お母さんはピリピリするだろうし」と、明日香はうんざりした顔をする。遥《はるか》も祖母《そぼ》は好きだが、同居となると、気を使うことが増《ふ》えそうだ。

自分の部屋に入り、遥はあらためて室内を見まわした。緑色の草花のウォールシールを貼《は》って、森の中にいるような雰囲気《ふんいき》にしたのが気に入っている。

(お姉《ねえ》ちゃんかあたしか、どっちかの部屋がおばあちゃんの部屋になるのか)

いさぎよいショートヘアで、化粧《けしょう》っけのない祖母の顔が浮《う》かんだ。ここはマンションだから、庭いじりの好きな祖母は寂《さび》しいだろう。なにより孫の部屋を横取りするなんて、いたたまれないに違《ちが》いない。

(「迷惑《めいわく》をかけるくらいなら老人ホームに入る。ひとりで大丈夫《だいじょうぶ》だから心配しないで」。

おばあちゃんなら、きっとそういうだろう。でも、ほんとにそれでいいのかな）

遥《はるか》には答えがわからない。カーテンを閉《し》めようとして夜空を見上げると、煌々《こうこう》と光る月がそこにあった。

遥は、ベッドの上に放りだしてあるスケッチブックに目をむけた。

（怖《こわ》がっちゃだめ。花が動いたように見えたのは、目の錯覚《さっかく》よ）

ながめていた絵が、動く。

幼《おさな》いころ、遥はたびたびそういうことを経験《けいけん》した。というより絵というのは、期待して見つめていれば、動きだすものだと思っていたのだ。

美術館《びじゅつかん》の肖像画《しょうぞうが》が微笑《ほほえ》んでくれても、絵の中の旗が風になびいても、幼い遥は不思議に思わなかった。そんなことがふつうじゃないと気づかされたのは、祖父《そふ》の一周忌《いっしゅうき》に家族で奈良《なら》を訪《おとず》れた時のことだ。遥は、春から幼稚園《ようちえん》に入る年だった。

画家だった祖父の絵は、古い家のあちこちに飾《かざ》られていた。アトリエをのぞいた遥は、生き生きした菜の花畑の絵に目をうばわれた。

（綺麗《きれい》。この花畑で遊びたい）
遥《はるか》がそう思っていると、絵に描《か》かれた菜の花が、風にそよぎだした。手を伸《の》ばすと、黄色い花びらにふれることもできた。気づいたとき、遥は描かれた花畑に入りこんでいたのだ。地面はあたたかく、空にはぽっかりと白い雲が浮《う》かび、風は花と春の匂《にお》いがした。

黄色い菜の花たちは遥を囲んで、笑うように揺《ゆ》れている。うれしくて、遥はくるくると踊《おど》りだした。

「見て見て、お姉《ねえ》ちゃん。わたし、絵の中にいる！」

アトリエにやって来た明日香《あすか》に、遥は満面の笑《え》みで叫《さけ》んだ。明日香はこわばった顔で、踊っている遥を見つめた。そしていきなり遥の腕《うで》をつかみ、親たちのいる居間《いま》に引きずっていったのだ。

絵の中に入ったといいはる遥を、母親は怖《こわ》い顔でしかりつけた。尖《とが》った雰囲気《ふんいき》がおさまったのは、祖母《そぼ》が「おじいちゃん、遥と遊びたかったのね」といってくれたからだ。

それ以来、遥《はるか》はいやというほど思い知らされた。絵が動くのが見えたり、絵の中に入れると思うのは、頭のおかしいひとだけなのだと。

遥は絵を前にしても、動いてほしいと願うのをやめた。ありがたいことに小学校に入るころには、じっと見つめても、絵が動くことはなくなっていた。

(もうずっと、おかしなことはなかったのに)

もう一度見てたしかめろという心の声と、あの下絵は消してしまえという声が重なる。遥は月光を浴びた青ざめた顔で、スケッチブックを開いてみた。

水面《みなも》の下にある花の絵が、変わらずそこにあった。覚悟《かくご》を決めて目をこらしても、そこにあるのは、ただの鉛筆《えんぴつ》の線だ。

(やっぱり、気のせいだ)

花びらは動かない。けれどその横から、ぷくぷくと水泡《すいほう》が浮《う》き上がってきた。

え?と思うまもなく、周囲は巨大樹《きょだいじゅ》の水路に変じていた。いつのまにか遥は白い船の上にいて、水面《みなも》の下には、ほんものの花が揺《ゆ》れている。

(うそ、なにこれ?)

眠《ねむ》って夢《ゆめ》を見ているわけではないのに、夢で見た場所にいる。

あぜんとしているのに、船はすべるように水路を進んでいた。水底《みなそこ》の砂《すな》はきらきらと光り、蔦《つた》のカーテンがぐんぐん近づいて来る。

カーテンの手前で、船は止まった。うしろをふり返ると、巨大樹《きょだいじゅ》の水路が彼方《かなた》まで続いている。まばたきしても、その光景が変わることはなかった。

(カーテンをくぐれば、部屋《へや》に戻《もど》るかも)

藁《わら》にもすがる気持ちで手を伸《の》ばし、遥《はるか》は蔦のカーテンをあけた。どきどきする遥を乗せて、船は垂《た》れ下がる蔦をくぐり抜《ぬ》けた。

カーテンのむこうにも、水路は続いていた。しかも木々のあいだを縫《ぬ》って、アーチ型の木橋がかかっている。

遥は緊張《きんちょう》した。橋があるということは、そこを渡《わた》る生きものがいるということだ。

小船は、つぎつぎに橋の下をくぐっていく。やがて緑の中州《なかす》が見えてきて、そこには動物がいた。一頭の白い馬が、やわらかな緑の草を食《は》んでいたのだ。

その馬は、遥《はるか》の船に気づいて首を上げた。ひたいには、白い角《つの》が生えている。

(馬じゃない)

一角獣《いっかくじゅう》。あれはユニコーンだ。現実《げんじつ》にはいない、まぼろしの生きもの。

ユニコーンはセルリアンブルーの瞳《ひとみ》で、まじまじと遥を見つめた。そして白い尾をふり、高くいなないた。

「エリン、帰って来たのか！」

9

「遥《はるか》？」

遥は、はっとしてまばたきした。お弁当《べんとう》の時間。教室は、生徒たちのおしゃべりでざわめいている。サーヤたち三人が、遥を不思議そうに見つめていた。

（いけない。幽体離脱《ゆうたいりだつ》）

ぼーっとしていたのだと気がついて、遥はあわてた。

「ごめん、夕べあんまり寝《ね》てなくて」

「ただの寝不足《ねぶそく》？　具合悪いんじゃない？」

サーヤが心配そうにいう。大丈夫《だいじょうぶ》、と遥は笑顔《えがお》で首をふった。本当は夕べの奇妙《きみょう》な体験がよみがえり、ユニコーンのことを考えていたのだ。

「エリン、帰って来たのか！」

あれは、どういう意味だったのだろう。

ユニコーンがしゃべったのに驚《おどろ》くと、遥《はるか》は現実《げんじつ》に引き戻《もど》されていた。気がつくと、ベッドに座《すわ》っていたのだ。膝《ひざ》の上にスケッチブックをひろげて。

「ごめんごめん。なんの話？」と、遥は箸《はし》を下ろして三人を見つめた。

「美術部《びじゅつぶ》に、かっこいい男子はいるのかってきいたの」と、なっちゃんがいった。

現実に溶《と》けこむべく、遥は陽気をよそおった。

「あー。美術部は男子少ないし。しいていえば副部長が清潔《せいけつ》な感じかな。イケメンとかじゃないけど」

「清潔感だいじだよね！」と、キヨが勢《いきお》いこんでいう。「磯部《いそべ》先輩《せんぱい》もね、汗《あせ》だくになっても清潔感あるのよ。あれはなんで？」

バスケ部のキヨは磯部という先輩に夢中《むちゅう》になっていて、彼《かれ》の話ばかりしている。キヨが熱弁《ねつべん》をふるうなか、サーヤが自分の卵焼《たまごや》きをひと切れ、遥の弁当《べんとう》にのせた。

「寝不足《ねぶそく》なら栄養つけないと」

遥は、サーヤのやさしさがうれしかった。好きな男子やアイドルの話題。かわいい雑貨《ざっか》や、はやりのスイーツ。そんなことで盛《も》り上がる「ふつう」の女の子でいたい。なまなましい超常現象《ちょうじょうげんしょう》などいらない。そういったものは波のように自分をさらい、平和な場から引き離《はな》してしまうだろう。

三人に笑顔《えがお》をむけながら、遥《はるか》は胸《むね》がふさいだ。絵が自分を異界《いかい》へ誘《さそ》う危険《きけん》なものなら、自分は一生、大好きな絵を描《か》くことも見ることもできなくなる。

「なによ、思いつめた顔して」

リビングで姉の明日香《あすか》にいわれて、遥はどきりとした。明日香は、母親よりずっと勘《かん》がするどい。

(また、なにかおかしなことが、あったんじゃないでしょうね)

明日香の探《さぐ》るような視線《しせん》は、そんな疑《うたが》いを秘《ひ》めている気がした。遥はあわてて、なんでもないというように首をふる。

「最近、いやな夢《ゆめ》ばっかり見て寝不足《ねぶそく》だから。お姉《ねえ》ちゃんも、いやな夢見ることってある？」

「さあ、あんま夢《ゆめ》とか覚えてないし。遥《はるか》、枕《まくら》が合わないんじゃない？　寝《ね》る前にブルーライト浴びないで、軽くストレッチでもしたら？」

「自己管理《じこかんり》」という言葉を愛する明日香《あすか》は、現実的《げんじつてき》なアドバイスを並《なら》べた。

「だいたいあんたは、いじいじ考えすぎなのよ。そういうときは深呼吸《しんこきゅう》するの」

明日香をまねて、遥は深呼吸をさせられた。奇妙《きみょう》な体験を家族に打ち明ける気は、もちろんない。菜の花畑騒《さわ》ぎのあとでメンタルクリニックに連れて行かれ、さんざん屈辱《くつじょく》を味わったからだ。

（絵を見なければ、へんなことは起きない。でも眠《ねむ》ったら、あの水路の夢を見てしまうかもしれない。あんなに楽しみだった夢が、怖《こわ》いものになるなんて）

眠る気になれず、遥はまぶたが開けていられなくなるまでスマホで動画を見続けた。

けれど、心の底では願っていたのだ。

あのユニコーンに、もう一度会いたいと。

10

遥《はるか》は白い船に乗り、巨大樹《きょだいじゅ》の水路を進んでいた。身につけているのは美咲《みさき》中学の制服《せいふく》だが、足ははだしだ。

（あの夢《ゆめ》だ。やっぱり、またここに来てしまった）

遥を誘《さそ》うように、緑の蔦《つた》のカーテンが揺《ゆ》れている。遥は迷《まよ》った。けれど好奇心《こうきしん》は、怖《おそ》れより強かった。

手を伸《の》ばして、蔦のあいだをくぐり抜《ぬ》ける。アーチ型の橋の下を進んで行くと、この前とおなじに緑の中州《なかす》が見えた。けれど、そこに白いユニコーンはいなかった。

がっかりした遥は、船を下りて中州に上がった。はだしの足裏《あしうら》に、地《ち》を踏《ふ》む感触《かんしょく》がしっかり伝わってくる。

（なんだか、夢じゃないみたい）

顔を上げるとピンクがかった空が見え、陽《ひ》を浴びた草地《くさち》は、しっとりとやわらかかった。一面に茂《しげ》るクローバーは、よく見ると四つ葉ばかりだ。

現実《げんじつ》の世界で、遥《はるか》は四つ葉のクローバーを見つけられたことがなかった。姉の明日香《あすか》はいつだって、難《なん》なく四つ葉を見つけるのに。

遥はクローバーを一本摘《つ》んだ。目に沁《し》みるような、生き生きとした若葉色《わかばいろ》。

(ほんとうに、色あざやかな夢《ゆめ》だ。緑って色を、はじめて見たような気がする。現実の色が、みんなくすんで思えるくらい)

遥は四つ葉をそっと、ブレザーの胸《むね》ポケットにいれた。

かすかな葉のそよぎ、ぽちゃんと魚がはねる音。清らかで豊《ゆた》かな大気《たいき》の匂《にお》い。すべてが、ひどくリアルに五感を揺《ゆ》さぶる。遥は高鳴る鼓動《こどう》を抑《おさ》え、中州《なかす》の奥《おく》へ歩いていった。

「エリン」

ささやくような声がした。

はっとして顔をむけると、木々のあいだに潜《ひそ》むようにユニコーンがいた。

「やつらに見つかるとまずい。こちらへ」

（やつら？）

白いユニコーンは耳を立て、周囲を警戒《けいかい》している。遥《はるか》も緊張《きんちょう》して、ユニコーンのあとに続いた。

（このユニコーンは、わたしをエリンって子だと勘違《かんちが》いしている。でも、とりあえずついて行ってみよう）

中州《なかす》を出て木橋を渡《わた》ると、丘《おか》のむこうに白いドームのようなものが見えた。ユニコーンは空を見まわしている。

「行くぞ」

ユニコーンがとつぜん駆《か》けだしたので、遥はあわてた。遥も走りだしたが、とうていユニコーンの脚力《きゃくりょく》には及《およ》ばない。

一気に丘の中腹《ちゅうふく》まで駆け上がったユニコーンは、はるか後方に遥がいるのを見て立ち止まった。落ちつかなげに、前脚《まえあし》を地面に打ちつけている。

「なぜ飛ばない？」

ようやく遥《はるか》が追いつくと、ユニコーンは怒《おこ》ったように聞いた。ユニコーンの口が動くというより、言葉が直接遥の頭に響《ひび》く感じだ。

「だって飛べないもの」と、遥は息をはずませた。

「呪《のろ》いのせいだな」と、ユニコーンはつぶやいた。

遥はユニコーンを追って、白いドームに入りこんだ。ドームと見えたのは、象牙《ぞうげ》のように白い木の林だった。枝《えだ》は上のほうで複雑《ふくざつ》にからみあい、編《あ》んだような天井《てんじょう》をかたち作っている。そのために林全体がドームのように見えたのだ。地面には色とりどりの小花が、絨毯《じゅうたん》を敷《し》きつめたように咲《さ》いている。

遥は、すばらしく清涼《せいりょう》な芳香《ほうこう》につつまれた。

「いい匂《にお》い。これは花の匂い？」

「花ではなく、フィトンの樹液《じゅえき》が香《かお》っているのだ。やつらはこの匂いを嫌《きら》うから、ここなら安全だ」とユニコーンはいった。「まさかわたしが、おまえにフィトンの説明

をするとはな。ほんとうに、なにも覚えてはいないのか？」

ユニコーンがどれほど美しい生きものか、遥《はるか》はあらためて気がついた。気品《きひん》があって凛々《りり》しい。それに、とても賢《かしこ》そうだ。白い角《つの》は螺旋状《らせんじょう》で、先端《せんたん》がするどく尖《とが》っている。突《つ》かれたら、ひとたまりもないだろう。

「あの、悪いけど人違《ひとちが》いをしているわ。わたしの名前は遥。エリンじゃない」

ユニコーンは鼻息を荒《あら》くした。

「自分が何者か忘《わす》れたままで、なぜイド・モルゴルから戻《もど》ってこられたのだ？」

（イド……？）

「ええと、わたしは、そんなところから来たんじゃないわ。わたしが住んでるのは美《み》咲《さき》ニュータウンっていう現実《げんじつ》の世界で、いまは夢《ゆめ》を見てるの」

「現実はここだ。イド・モルゴルは滅《ほろ》びの世界」

ユニコーンは、にべもなくいった。遥は困《こま》ってしまい、話を変えた。

「そのエリンって、どんな子？　わたしに似《に》ているの？」

ユニコーンは遥《はるか》の顔をまじまじと見つめ、苦々《にがにが》しくいった。

「エリンは気概《きがい》があって、怖《おそ》れを知らぬ魔女《まじょ》だった。おまえとは似《に》ても似つかぬ」

（どうしよう。怒《おこ》らせちゃったみたい）

「ごめんなさい。わたし、ここがどういうところなのか、よくわからなくて」

ユニコーンはびくついている遥を見て、たてがみを揺《ゆ》すった。

「なぜ、必要もないのにあやまるのだ？　それにどうして、おどおどして、わたしの機嫌《きげん》をうかがうような物言いをする？」

遥がしゅんとしてしまったので、ユニコーンは声の調子をあらためた。

「よくお聞き」

ユニコーンは足をたたんで腰《こし》を下ろした。遥も膝《ひざ》をついて、花の絨毯《じゅうたん》の上に座《すわ》りこむ。

「ここは、アウレリアという名の王国だ」

ユニコーンは、格調《かくちょう》高い声で話をはじめた。

「王の魔法《まほう》によってつくられた楽園《らくえん》で、四人の司《つかさ》に守られている。花の司、鳥の司、風の司、月の司。いずれもすぐれた魔法使いだ。そしてエリンは、若《わか》くして花の司に選ばれた」

よくわからないまま、遥《はるか》はうなずいた。

「司になった魔女は、凍《こお》った湖で眠《ねむ》る王に忠誠《ちゅうせい》の誓《ちか》いを立てる」

「王さまって、眠っているの？」

「そうだ。アウレリアにかけた魔法を、永遠《えいえん》に保《たも》つためにな。そして王は、エリンが誓いを立てた時に微笑《ほほえ》まれたのだ。眠れる王が身動きされることはないが、王妃《おうひ》になる者が近づいた時には、微笑みが浮《う》かぶといわれている」

（眠れる王に、四人の魔法使い。なんだか、おとぎ話みたい）

「そして鳥の司シレーヌには、それは我慢《がまん》できないことだった。シレーヌは、自分こそが王妃になると決めているのだから」

シレーヌという名前を耳にしたとき、なぜか遥は不安にかられた。ユニコーンは暗い顔つきになり、声をひそめた。

「嫉妬《しっと》に狂《くる》ったシレーヌはエリンに呪《のろ》いをかけ、魔力《まりょく》を奪《うば》ってイド・モルゴルへ追放した。恐《おそ》ろしい滅《ほろ》びの世界へ」

「滅びの世界？」

「そうだ。アウレリアはこの世の楽園《らくえん》。しかしイド・モルゴルは、ひたすら全生命の停止《ていし》という終末にむかっている。争いと混沌《こんとん》に満ち、夢魔《むま》が跋扈《ばっこ》する暗黒の地。シレーヌはエリンを、そんな恐ろしい世界へ追いやったのだ」

苦しげなユニコーンを見て、遥《はるか》は胸《むね》が痛《いた》んだ。

「あなたはエリンの友だちだったのね」

ユニコーンは、長いまつ毛を伏《ふ》せた。

「シレーヌに見つかれば、また追放されるだけではすまぬだろう。一刻《いっこく》も早く……」

ユニコーンの話の途中《とちゅう》で、ケェーッという奇怪《きかい》な声がした。バサバサと羽ばたきの音がして、水路の上を大きな黒い鳥たちが旋回《せんかい》しているのが見えた。

「やつらめ、嗅《か》ぎつけたようだな。あれはシレーヌの手下のハーピーだ」

(ハーピー？)

ユニコーンはさっと起き上がり、角《つの》を前に突《つ》きだした。

「やつらには見つからないように用心しろ。おまえの魔力《まりょく》はシレーヌに砕《くだ》かれてしまった。おのれを取り戻《もど》したければ記憶《きおく》の塔《とう》へ行き……」

ユニコーンは懸命《けんめい》にしゃべっていたが、それは化鳥《けちょう》たちの不快《ふかい》な鳴き声にかき消されてしまった。黒い翼《つばさ》の鳥たちは、女の胸《むね》と顔をもっている。それに気づいた遥《はるか》は恐怖《きょうふ》でわれを忘《わす》れ、するどい悲鳴をあげていた。


ベッドで目覚めた遥は、パジャマの下に汗《あせ》をかいていた。起き上がって薄暗《うすぐら》い自分の部屋《へや》を見渡《みわた》し、荒《あら》い息を整える。

(落ちついて。いまのは、ただの夢《ゆめ》。ほんとうのことじゃない)

それでも夢の内容は、しっかり頭に残っていた。

（エリンはアウレリアを治める四人の魔法使《まほうつか》いのひとりで、花の司《つかさ》だった。鳥の司に嫉妬《しっと》され、力を奪《うば》われて楽園《らくえん》から追放された。イド・モルゴルと呼《よ》ばれる、滅《ほろ》びの世界へ）

イド・モルゴル。

それは、どんな世界なのだろう。

ふと、遥《はるか》は父親がいっていたことを思いだした。太陽は少しずつ地球から遠ざかっていて、何百億年か何千億年か先には、この宇宙は冷えきってしまうのだと。

つまり、ここはいつか、滅び去る世界だということだ。

つかのま、奇妙《きみょう》な想《おも》いがよぎった。

（もしかして、ここがイド・モルゴルだったりして。わたしはユニコーンのいうとおりにエリンで、この世界へ追いやられた魔法使いなのかも）

自分にあきれて、遥は頭をふった。そんなことが、あるわけがない。

もうすぐ目覚まし時計が鳴る時間だった。遥はトイレへ行き、洗面所《せんめんじょ》の鏡をのぞいた。はれぼったい目をした、冴《さ》えない顔が映《うつ》っている。

(そう、これがわたしだ。お姉《ねえ》ちゃんみたいに特別な才能《さいのう》があるわけじゃない。何者かになりたくて、なれないことがわかっている、ありふれた中学生)

着替《きが》えようとして、遥《はるか》は制服《せいふく》のポケットからのぞいている物にどきりとした。

しおれかけた、四つ葉のクローバー。

アウレリアで摘《つ》んだクローバーが、たしかにそこにある。

(いったい、どういうこと?)

「現実《げんじつ》」と「夢《ゆめ》」がつながった。

遥は震《ふる》える手で、エメラルド色の葉をつまみ上げていた。

11

「水路に、あやしげな気配《けはい》が残っていた？」

鳥の司《つかさ》シレーヌは、ハーピーたちの報告《ほうこく》を聞いて眉《まゆ》を上げた。

「かすかに異界《いかい》の匂《にお》いを感じたように思いまして。念のため、お知らせを」

「ただの『旅人《たびびと》』だったのでは？」

「おそらくは。水路の監視《かんし》を強化いたしましょうか？」

「その必要はない」

シレーヌはべつの指示をだして、ハーピーたちを下がらせた。そしてみずから、巨《きょ》大樹《だいじゅ》の水路にむかった。

シレーヌが舞《ま》い降《お》りると、樹《き》の中に棲《す》む妖精《ようせい》たちが、胸《むね》に手をあてておじぎする。

シレーヌは、霧《きり》の中に溶《と》けこんでいる水路の果《は》てまでやって来た。その先はイド・モルゴルに通じている。

シレーヌは黒い羽を取りだし、ふっと息をかけて、霧《きり》のむこうへ送りだした。念のために、エリンにかけた呪《のろ》いを、いま一度強めたのだ。

（魔力《まりょく》をなくしたくせに、まだアウレリアのことを覚えているというの？　でもエリン、おまえはイド・モルゴルで一生を終えるのよ。目覚めた王と永遠《えいえん》を生きるのは、わたしなのだから）

学校から戻《もど》るなり、遥《はるか》は自分の部屋《へや》に飛びこんだ。一日中気になっていた机《つくえ》の引き出しを、ガタンとあける。

（うそ、ない！）

クリアファイルにはさんでおいた、四つ葉のクローバーがなくなっている。

（どうして？　なんで？）

遥は引き出しの中身を床《ゆか》にぶちまけて、必死に探《さが》した。けれどアウレリアで摘《つ》んだクローバーは、あとかたもない。

遥《はるか》は、キッチンにいた母親にきいた。

「お母《かあ》さん、わたしの机《つくえ》さわった？」

「まさか。あなたたちの物に、さわったりしませんよ」

母親はむっとしていたが、母親がときどき勝手に部屋を掃除《そうじ》したり、私物《しぶつ》をチェックしているのは知っている。けれどまさか、クローバーだけ持ちだすとも思えない。

（けさのあれは、わたしの思い違《ちが》い？　四つ葉のクローバーが制服《せいふく》のポケットに入っていたのも、夢《ゆめ》の続きだったの？）

考えてもわからない。落ち着かなければ、と遥は思った。

（きょうの夜も、また夢でアウレリアへ行けるかもしれない。そうしたら、なにかべつの物を持ち帰って、確《たし》かめてみればいいんだ）

そう決めたのに、それからアウレリアの夢は、ぱたりと途絶《とだ》えてしまった。水路の絵に目をこらしても、なんの変化もない。

（やっぱりあれは、ただの夢だったのか。そりゃそうだよね）

一抹《いちまつ》のさみしさとともに、遥《はるか》は苦笑した。

「いのうえ～」

階段《かいだん》の下で呼《よ》び止められ、遥はふりむいた。美術部《びじゅつぶ》の副部長、伊武蒼汰《いぶそうた》が遥を見下ろしている。

(副部長！　どうして？)

遥の胸《むね》が、とくんと鳴る。

「このあいだの部活に来なかったけど、具合でも悪かった？」

「あ、いえ、そういうわけじゃ」

夢《ゆめ》と現実《げんじつ》がごっちゃになって混乱《こんらん》していたとは、とてもいえない。蒼汰を心配させたようで、遥は申《もう》しわけなく思った。

「元気そうでよかった。じゃ、放課後に」

蒼汰が行ってしまうと、遠巻《とおま》きにしていたサーヤたち三人が、わらわらと寄《よ》って来た。

「だれだれ？」

「伊武《いぶ》さん。美術部《びじゅつぶ》の副部長」

「前にいってたひと？　なんか、いい感じだったじゃない」

「さわやかで、やさしそう」

「いいないいな。わたしも磯部先輩《いそべせんぱい》に、あんなふうに声かけられたい！」

三人はてんでにまくしたて、瞳《ひとみ》を輝《かがや》かせている。

「やだ、そんなんじゃないって」

「かわいいー、遥《はるか》、赤くなってる」

ほんとうに頬《ほほ》のあたりが熱くなってきたので、遥はとまどった。たしかに蒼汰《そうた》は感じのいい先輩だけれど、それ以上の気持ちはない。はずだ。

遥は恋愛《れんあい》などする気はなかった。現実《げんじつ》のだれかを好きになっても、苦しい思いをするだけだから。

小学校での経験も、トラウマになっていた。クラスメイトの男子となぜかうわさが立ってしまい、好きでもない相手に「おまえのことなんて、なんとも思ってないから」と、吐《は》き捨てるようにいわれたのだ。びっくりしたのと悔《くや》しいのとで、なにもい返すことができなかった。遥《はるか》のほうだって、一ミリも心を動かしていなかったのに。

あのやり場のない怒《いか》りを思いだすたびに、からだが震《ふる》える。

恋愛《れんあい》なんて、わずらわしいだけだ。けれど放課後になると、サーヤたち三人は声をそろえて、部活に行けといってきた。

「遥、頑張《がんば》れ！」

三人にあと押《お》しされ、遥は美術室《びじゅつしつ》に行かざるをえなくなった。

(副部長は、わたしが来たのを見たら、喜んでくれるかな)

蒼汰《そうた》の笑顔《えがお》が頭に浮《う》かぶ。ドキドキして美術室に入った遥は、思いがけない光景に出くわした。蒼汰と柳原瑠衣《やなぎはらるい》が画集を開いて、楽しげにしゃべっていたのだ。

(いつのまに、あんなに親しくなったの？)

瑠衣《るい》は遥《はるか》たちと話すときより、ずっとやわらかな表情《ひょうじょう》をしている。ふっと、遥は気づいてしまった。

(柳原《やなぎはら》さん、副部長に気があるんだ)

物怖《ものお》じしない瑠衣のことだ。自分から声をかけて、蒼汰《そうた》に絵の相談でもしたのだろう。

「じゃあこれ、お借りしてもいいですか?」

蒼汰を見上げて、瑠衣がいう。

「もちろん」

瑠衣が画集をだいじそうに鞄《かばん》にしまうのを見て、遥は胸《むね》がざわついた。

一年生の寛之《ひろゆき》が、遥を見て「やあ」と手を上げた。コラージュの材料を机《つくえ》にひろげはじめた瑠衣は、ちらりと顔を上げただけだった。蒼汰も、とくに遥を見るでもない。

(わたし、なにを期待していたんだろう。ばかみたい)

遥は席について呼吸《こきゅう》を整えると、スケッチブックをあけた。

巨大樹《きょだいじゅ》の水路と、透明《とうめい》な水の下で揺《ゆ》れているように見えた花。それらは、ただの線でしかなかった。あらためて見ると、情《なさ》けないほどへたな絵だ。

遥《はるか》は描《か》きかけの下絵をボツにして、また一から描き直すことにした。

巨大樹の水路と、透明な水の下で揺れる花々。ちいさく華奢《きゃしゃ》な船が水路を進み、漕《こ》ぎ手である自分はうしろをむいている。そんな完成図が頭に浮《う》かぶ。

（そして奥《おく》まった緑地には、青い目のユニコーンがわたしを待っている……）

「井上《いのうえ》？」

声をかけられ、遥は目を上げた。

声の主《ぬし》は蒼汰《そうた》だった。見れば、ほかの部員はとっくに片《かた》づけを終えて帰りはじめている。窓《まど》の外は、いつのまにか夕闇《ゆうやみ》が忍《しの》び寄《よ》っていた。

こんなに没頭《ぼっとう》して絵を描いたのは、いつ以来だろう。

「あっぱれな集中力だ」

蒼汰《そうた》の目が笑っている。

「すみません」

遥《はるか》はあわてて道具を片《かた》づけはじめた。蒼汰は遥の下絵をのぞきこんだ。

「馬が好きなの？」

「あ、これ、ユニコーンです」と遥は小声で答えた。

「ユニコーン？」と蒼汰は意外そうな顔をした。

「副部長、お先に失礼します」

うしろにいた瑠衣《るい》が、蒼汰に声をかけた。「本、ありがとうございました。参考にします」と頭を下げる。

蒼汰が、気にしなくていいというように手をふる。瑠衣はちらりと、底光りする目を遥にむけた。

（やっぱり、副部長が好きなんだ。だからわたしと話しているのが、おもしろくないんだろうな）

「あわてなくていいから」

蒼汰《そうた》は労《いた》わるように遥《はるか》にいった。蒼汰の言葉は、羽がふうわりと舞《ま》うように落ちてくる。

「水を描《か》くのか」

「あ、はい」

「水はむずかしいよね。いろんな絵を見て参考にするといいよ」

（おじいちゃんは画家で、「水っていうのは水色じゃない」っていってました）

そういいたかったが、身内《みうち》が画家だというのも、自慢《じまん》に聞こえるような気がした。

ほかに気のきいた返事も浮《う》かばず、遥はただうなずいた。

「出る時に電気を消していってくれる？　小坂先生はもう帰ったから」

準備室《じゅんびしつ》は、もう明かりが消えていた。

「それじゃ、お疲《つか》れ」

「あ、はい、お疲れさまでした」

蒼汰《そうた》が上級生たちと出て行くと、遥《はるか》は自分が描《か》いた下絵に目を落とした。樹《き》や花はまあまあだが、ユニコーンはデッサンが狂《くる》っている。

ひとりきりで美術室《びじゅつしつ》に残された遥は、スケッチブックを閉《と》じようとして、もう一度下絵に目をやった。

絵の中のユニコーンが、じっと自分を見つめている。遥はしまいかけた水彩色鉛筆《すいさいいろえんぴつ》を取りだして、ユニコーンの瞳《ひとみ》をセルリアンブルーに塗《ぬ》ってみた。

「エリン、呪《のろ》いをとけ」

絵の中のユニコーンが、そういった気がした。遥はためらいながら、自分が描《か》いた水中花に目をこらした。

(お願い、動いて)

息づいたように、花がそよぎはじめた。

12

身も心も生き返るような、清涼《せいりょう》な香《かお》りがした。

まばたきすると、そこは美術室《びじゅつしつ》ではなかった。立っていたのは、ユニコーンがフィトンと呼《よ》んでいた白い林の中だ。

（うそ。ほんとうに、アウレリアに来たの？）

にわかには信じられず、遥《はるか》はその場に立ちつくした。けれどそこはたしかに、学校の美術室ではなかった。足もとには可憐《かれん》な花が咲《さ》き乱《みだ》れている。どれも、見たことのない種類の花だ。

けれど、見まわしてもユニコーンはいなかった。

歩きだして林の中を探《さが》していると、白い樹《き》を囲んで踊《おど》っている妖精《ようせい》たちがいた。蝶《ちょう》の羽をもち、澄《す》んだ声で歌っている。

「あの、ユニコーンを見なかった？」

遥《はるか》が声をかけると、妖精《ようせい》たちは驚《おどろ》き、羽をひろげて飛び去ってしまった。遥はがっかりしたが、妖精たちがいなくなった樹《き》のそばで、地面に蹄《ひづめ》のあとがついているのを見つけた。

(ユニコーンの足跡《あしあと》かもしれない)

蹄のあとはフィトンの林を出て外へ続いている。遥は地面を見つめて追っていったが、ほどなく足跡は森に入り、シダの茂《しげ》みにまぎれてしまった。

遥は途方《とほう》に暮《く》れたが、同時に森の美しさに心を奪《うば》われた。一面に青い花が咲《さ》き乱《みだ》れていると思えば、たちまち色が変わり、今度は葉も実も花も薄紅色《うすべにいろ》の世界になる。つぎは黄色、今度は紫《むらさき》と、森はつぎつぎに色を変えるのだ。

ひらひらと花びらが舞《ま》い降《お》りてきたので、遥は上を見上げた。樹に咲いた花が散ってきたのかと思ったが、花びらはどことも知れぬ、空の高みから降《ふ》っている。

手を伸《の》ばして舞い落ちてきた花びらにふれると、それは淡雪《あわゆき》のように溶《と》け、かぐわしい香《かお》りを指に残した。

うっとりと残《のこ》り香《が》をかいでいると、きいきいと自転車をこぐ音が聞こえてきた。きしむような音は、こちらに近づいて来る。

遥《はるか》は身をかがめ、だれがやって来るのかうかがった。

あらわれたのは木馬型《もくばがた》の自転車に乗った、ウサギに似《に》た長耳《ながみみ》の動物だった。からだの毛は水色で、大きな鞄《かばん》をななめにかけている。鞄が重たいせいか、自転車はふらふらと蛇行《だこう》していた。

こぎ手は絵本に出てくる動物のように、愛らしい顔をしている。遥は、あとを追ってみることにした。

自転車を操《あやつ》るのに手こずっている相手を尾行するのは、むずかしくなかった。それより大変なのは、森の不思議に目を奪《うば》われないでいることだ。ボールのような実がぱくんと割《わ》れたかと思うと、そこから小さな紙飛行機がたくさん飛びだしてきた。紙飛行機は小鳥のように、すいすいと森の奥《おく》へ飛んでいく。

「エリン、エリン、エリン……」

さわさわと鳴る葉ずれの音は、そういっているようだった。遥《はるか》はからだが羽のように軽くなっていく心地《ここち》がして、酔《よ》うように先へ進んだ。

太いトゲのある野薔薇《のばら》が茂《しげ》っているところに来て、遥は足を止めた。けれど背《せ》の高い薔薇《ばら》たちはおじぎするように、道をあけてくれるではないか。遥も思わず頭を下げて、薔薇のあいだをくぐり抜《ぬ》ける。

やがて、空高くそびえる塔《とう》が見えてきた。水路にあった木々も大きかったが、この塔はそれよりはるかに高い。上のほうには綿雲がまといつき、尖端《せんたん》が見えないのだ。

自転車から降《お》りた動物は、「よっこらせ」といって、大きな鞄《かばん》をずり上げた。塔に近づき、どんどんと扉《とびら》をたたく。

「司書さん、パドリンです！　ホウキ星《ぼし》十六区の日誌《にっし》をもって来ましたよ！」

扉があくには、しばらく時間がかかった。

ようやくすがたを見せたのは、遥と背丈《せたけ》が変わらないフクロウだった。丸くて大きな眼鏡《めがね》をかけている。

「おやおや。ずいぶん遅《おそ》かったわね！　寄《よ》り道でもしていたの？」

「そうじゃありませんよ。どうも木馬の調子が悪くて。こんなことは、いままでなかったんですけどね」

「じゃあ、街《まち》の魔《ま》法使《ほうつか》いに直してもらわないとね」

フクロウはパドリンを中に招《まね》き入れた。バタンと音を立てて扉《とびら》が閉《し》まる。

ようすをうかがっていた遥《はるか》は、塔《とう》に忍《しの》び寄《よ》った。中をのぞこうと思っても、窓《まど》は遥の頭より上にある。

どうしようか迷《まよ》っていると、ばさっという羽音《はおと》が聞こえた。

（ハーピー？）

黒い化鳥《けちょう》に見つかったのではないかと、遥はぞっとした。扉のノブをにぎってみると、あっさり開けることができた。迷うまもなく、遥は塔の中にすべりこんだ。

開いた書物のかたちをしたソファがいくつも置かれ、中央には枝型《えだがた》の手すりがついた、巨大な螺旋階段《らせんかいだん》がある。壁《かべ》はごつごつした木肌《きはだ》がむきだしで、まるでくり抜《ぬ》いた

樹《き》の中にいるようだ。

上の階からは、フクロウとパドリンの声が聞こえてくる。

「日誌《にっし》は番号順にきちんと並《なら》べてね。入れる棚《たな》を間違《まちが》えないように」

「いやだなあ。いままでいっぺんだって、間違えたことがありますか？」

「ええ、そうよね。でも近ごろ、置いたはずの場所に本がないことがあって」

「司書さんたちは几帳面《きちょうめん》だから、たまたまですよ。それより、お茶を一杯《いっぱい》いただけますか？　すっかり喉《のど》が渇《かわ》いちゃって」

フクロウが階段《かいだん》を下りてきたので、遥《はるか》はソファの陰《かげ》に身を隠《かく》した。フクロウが歩くたびに、腰《こし》から下げた鍵束《かぎたば》がカチャカチャと鳴る。

やがてフクロウはお茶の盆《ぼん》をもって二階へ上がった。焼《や》き菓子《がし》のいい匂《にお》いがする。

「そこは、さわってはだめですよ！」

フクロウの、あわてた声がした。

「なにもさわっていませんよ。あいてた引き出しを、のぞいただけで」

引き出しが閉《し》められ、かちゃりと鍵《かぎ》のかかる音がする。

「この戸棚《とだな》はときどき、鍵がはずれてしまうのよ」

「女の人の絵が見えましたけど？」

「歴代《れきだい》の司《つかさ》の肖像画《しょうぞうが》ですよ。ふつうの絵と違《ちが》って、魔力《まりょく》が染《し》みこんでいるの。見るたびに表情《ひょうじょう》が違っていたりするのよ」

「へえ、そいつはすごいや。ちゃんと見せてもらえます？」

「見せてあげたいけれど、これは記憶《きおく》の塔《とう》でも指折《ゆびお》りの貴重品《きちょうひん》ですからね。閲覧《えつらん》には、特別な許可《きょか》がいるの」

記憶の塔と聞いて、遥《はるか》はユニコーンの言葉を思いだした。自分を取り戻《もど》すには、記憶の塔へ行けといっていたはずだ。

（ここが記憶の塔だったんだ！）

「それじゃ、またつぎの機会にします。ペルルも誘《さそ》って見に来ますよ。では、ごきげんよう」

パドリンはお茶を飲みほして、とことこと階段《かいだん》を下りてきた。

「そういや、きょうのお菓子《かし》はなんだか粉っぽかったな。リンゴの味が落ちたとペルルがいってたけど、お菓子がおいしくないなんて、たしかに大問題だぞ」

パドリンはそうつぶやきながら、塔《とう》を出ていった。見送ったフクロウは、ほうっと息をついた。

「やれやれ、なんだか疲《つか》れたわ。わたしもお茶をいただくことにしましょう」

フクロウが奥《おく》の部屋《へや》へ消えたので、遥《はるか》は螺旋階段《らせんかいだん》に近づいた。階段は上にも下にも果《は》てしなく伸《の》びていて、頭がくらくらする。

(歴代の司《つかさ》の肖像画《しょうぞうが》があるといっていた。だったらエリンの絵もあるはず)

遥は足音を立てないようにして、二階へ上がってみた。たどりついた二階は、一階とはまるで違《ちが》っていた。壁《かべ》一面にぐるりと書棚《しょだな》や戸棚が並《なら》んでいる。

引き出しの数に圧倒《あっとう》されていると、美しい装飾《そうしょく》のついた戸棚が、四つあるのに気がついた。ひとつの棚の金具《かなぐ》は鳥の文様《もんよう》で、べつの棚には三日月《みかづき》がついている。

（鳥の司《つかさ》、月の司、風の司、花の司。それぞれの戸棚《とだな》なのかも）

遥《はるか》は花の文様《もんよう》がついた戸棚に近づいた。引き出しを引こうとしたが、どれにも鍵《かぎ》がかかっている。

（鍵はフクロウがもってる。さあ、どうしよう？）

遥は戸棚の前で考えこんだ。すると、かとんと音がして、引き出しのひとつが前に出た。

遥はぎょっとしたが、おそるおそる、それをさらに引き出してみた。

中にあったのは赤銅色《しゃくどういろ》の髪《かみ》に花冠《はなかんむり》をつけた、若《わか》い女性《じょせい》の肖像画《しょうぞうが》だった。意志の強そうな、きりりとした顔。肖像画の上には黒ぐろと、遥には読めない文字の印が押《お》されている。

（もしかして、これがエリン？）

ふと、肖像画の女性と目が合った。遥に目をむけ、うなずいた気がする。

階下《かいか》で足音がしたので、遥はいそいで引き出しを閉《し》めた。

その場を離《はな》れようとしたとき、戸棚《とだな》にはまっているガラスに顔が映《うつ》った。

それは自分の顔ではなかった。いましがた見た肖像画《しょうぞうが》とそっくりの顔が、遥《はるか》を見返していたのだ。艶《つや》のある、赤銅色《しゃくどういろ》の髪《かみ》にふちどられて。

(エリン?)

遠くで、鐘《かね》が鳴りはじめた。

気づくと、遥は美術室《びじゅつしつ》に立っていた。下校時間を告げるチャイムが鳴り響《ひび》いている。

(アウレリアから、帰って来たんだ)

遠泳したあとのような疲《つか》れが、どっと押《お》し寄《よ》せてきた。遥はふと、視線《しせん》を感じてふりむいた。

戸口に立っていた人影《ひとかげ》が、さっと消えた。遥はぞっとして戸口に駆《か》け寄ったが、暗い廊下《ろうか》に人影はない。

(気のせいかな。それとも、だれかに見られていたの?)

13

サーヤが、遥《はるか》の顔をのぞきこんだ。

「遥、きょうメイクしてる？　なんか、お肌《はだ》つやつやなんだけど」

「恋《こい》をしているからよ」と、キヨがすかさずいった。「恋をすると綺麗《きれい》になるの」

「だったら、キヨもでしょ」となっちゃん。

「片思《かたおも》いじゃだめだって。あーあ、うらやましい。わたしが部活休んだって、磯辺先《いそべせん》輩《ぱい》は声なんてかけてくれないもん」

遥は返答に困《こま》って、顔をさわった。

「わたし、なんかへん？」

「へんじゃなくて、キラキラしてる」

自分よりかわいい三人にそんなことをいわれて、遥はどぎまぎした。

アウレリアに行ったことで、なにかが変わったのだろうか。記憶《きおく》の塔《とう》で見た、毅然《きぜん》としたエリンの肖像画《しょうぞうが》が頭に浮《う》かぶ。

（あれが、ほんとうのわたしだとしたら……）

それは危《あや》うくも、甘《あま》やかな想像《そうぞう》だった。エリンは力のある魔法使《まほうつか》いで、鳥の司《つかさ》に嫉《しっ》妬《と》されるほど魅力《みりょく》があった。井上遥《いのうえはるか》とは、まるで違《ちが》う存在《そんざい》だ。

遥の心はいつにもまして、ふらふらと空をさまよった。からだも心も半分、アウレリアに置いてきたように。

心配なのは美術室《びじゅつしつ》の戸口に、だれかがいたような気がしたことだ。

（警備員《けいびいん》さんだったのかな？　それとも部員のだれかが、忘れ物《わすれもの》を取りに来たとか）

アウレリアに行っているあいだ、こちらの世界では、自分はどんなふうに見えていたのだろう。意識《いしき》だけが飛んでいて、肉体はずっと美術室にあったのか。それとも、からだも現実《げんじつ》から消えていて、とつぜん美術室に戻《もど》ったのか。そんなところを、だれかに目撃《もくげき》されたなら大変だ。

（見た人は、きっと気味《きみ》が悪くて逃《に》げたんだ）

それがだれにせよ、目の錯覚《さっかく》だったと思ってくれることを、遥《はるか》は祈《いの》った。

体育館に移動《いどう》しているとき、遥はクラスが違《ちが》う柳原瑠衣《やなぎはらるい》と廊下《ろうか》ですれ違った。気づいたのか気づかないのか、瑠衣は遥を見ずに行ってしまった。

「もしかして、柳原さんも美術部《びじゅつぶ》?」と、サーヤがきいてきた。「あの子、ちょっと変わってない?」

「変わってる」というせりふは、遥の胸《むね》に、すっと刃《やいば》を立てた。ふだん悪口などいわないサーヤにしては、トゲのある口ぶりだ。

「知ってるの?」

「あの子も、ひばり台」と、サーヤは小学校の名前をいった。

「休み時間も、ひとりで本読んでるタイプでね。素敵《すてき》な色の画集を見てたから、『綺《き》麗《れい》ね』って声をかけたの。そしたら、『綺麗なだけの絵じゃないから』って怖《こわ》い顔されちゃった。にらまなくてもいいと思わない?」

「だよね」

瑠衣《るい》なら、そんな反応《はんのう》をしそうだと遥《はるか》は思った。きっとお気に入りの画集を見ていて、「あなたには、この絵のほんとうの良さはわからない」とでも思ったのだろう。失礼だし、サーヤが気を悪くするのも当然だ。

それでも遥は、瑠衣の気持ちが、ほんの少しわかる気もした。

「ねえねえ、柚希《ゆずき》のバレエ公演《こうえん》、サーヤも行く？」

浅岡《あさおか》くるみがサーヤに、はずむように寄《よ》ってきた。

おなじクラスのくるみは、自分が属《ぞく》していたグループからはじかれたらしい。おなじ小学校だったこともあって、最近やたらとサーヤに話しかけてくる。遥たち四人に混《ま》じってきて、わざと小学校のころの話をしたりするのだ。バレリーナをめざしている柚希というのも、遥の知らない子だった。

（わたしの代わりに、サーヤとペアになりたいんだ）

目の大きなくるみは、遥より三人組になじむ雰囲気《ふんいき》がある。遥にも笑顔《えがお》で接《せっ》してくるのだが、腹《はら》の中では（あなたより、わたしのほうがサーヤと合うよね）と思っているのが伝わってくる。

遥《はるか》は苦い物を飲まされたように、げんなりした。他人の悪意というのは、どうしてこんなに心を重くするのだろう。

くるみが、くるりとふり返った。

「井上《いのうえ》さん、小学校の時に『不思議ちゃん』っていわれてたって、ほんと？」

口ぶりは無邪気《むじゃき》でも、目が小鬼《こおに》のように光っている。

「不思議ちゃん？」

サーヤが、問いかけるようにこちらを見る。遥は、ぐらっと廊下《ろうか》が傾《かたむ》いた気がした。

小学校時代の暗黒の歴史は、サーヤたちに、ぜったい知られたくなかったのに。

(やっぱりこの世界は、わたしの居場所《いばしょ》じゃないんだ)

胸苦《むなぐる》しい気分のまま、部活動の時間になった。廊下で遥を無視《むし》した柳原瑠衣《やなぎはらるい》は、部活でも、遥《はるか》を避《さ》けているようだ。

(このあいだ戸口にいたのって、もしかして柳原《やなぎはら》さんなのかな)

気になったが、確《たし》かめるわけにもいかない。蒼汰《そうた》のすがたが見えなかったので、遥は部長にきいてみた。

「あの、副部長は?」

「ああ。技術室《ぎじゅつしつ》で板でも切ってるんじゃない?」

(板? なにに使うんだろう?)

視線《しせん》を感じてふりむくと、瑠衣《るい》と目が合った。眼鏡《めがね》の瑠衣が、つんと顔をそむける。

(やっぱり、彼女《かのじょ》に見られてた?)

あせっていると、一年生の寛之《ひろゆき》が、さりげないふうに寄《よ》って来た。

「アッサンブラージュ」

「え、なに?」

寛之は声をひそめて、遥にささやいた。

「平面だけのコラージュじゃなくて、三次元の空間を使う技法《ぎほう》。柳原《やなぎはら》さんが副部長に借りた本、アッサンブラージュの作品集なんだよ。いま副部長がつくってるのも、それらしい」

寛之《ひろゆき》は哲学者《てつがくしゃ》のような顔で「気になってるんでしょ」といった。飄々《ひょうひょう》としているのに、ひとのことをよく観察しているようだ。

寛之は遥《はるか》の答えを待たずに、自分のイーゼルの前に座《すわ》りこんだ。アッサンブラージュという言葉が初耳だった遥は、あとでネットで調べようと思った。

(アッサンブラージュ。なんだか魔法《まほう》の呪文《じゅもん》みたい。コラージュと似《に》てるから、副部長は柳原さんの参考になると思ったのかな)

部活終了《しゅうりょう》のチャイムが鳴ると、瑠衣《るい》はさっさと道具を片《かた》づけ、部室を出ていった。遥は小走りであとを追った。アウレリアから帰ってきたところを目撃《もくげき》したのが瑠衣かどうか、確《たし》かめたかったのだ。

「柳原さん」

何度か名前を呼《よ》ぶと、瑠衣《るい》はようやく足を止めてふり返った。いざ面とむかうと、遥《はるか》は言葉につまってしまった。

「なに？」

瑠衣は、いらついたように眉《まゆ》を上げた。

「あの……このあいだの放課後……」

「部長にいわれちゃった。副部長は、だれにでもやさしいのよって」

瑠衣は、思わぬ言葉を返してきた。

「ずいぶんだと思わない？　まあ、わたしは気にしないけど」

それで？　という顔をされて、遥は気がくじけた。

「ごめん、なんでもない」

瑠衣は、まじまじと遥を見つめた。

「井上《いのうえ》さんて、けっこうミステリアスよね」

それだけいうと、瑠衣はすたすたと歩きだした。

（けっこうミステリアスって、どういうこと？）

やっぱり、瑠衣《るい》はなにか異変《いへん》を見たのだろうか。遥《はるか》の胸《むね》に、不安が渦巻《うずま》いていく。

「なにか問題？」

ふりむくと、副部長の蒼汰《そうた》が立っていた。首を伸《の》ばして、遠ざかっていく瑠衣を見つめている。

「あ、いえ、なんでもありません」

「困《こま》ったことがあるなら、先輩《せんぱい》になんでもいいなさい」

蒼汰が白い歯を見せたので、遥はどきりとした。（いやだ。好きになったりしたら困る）。とっさに、そんなことが頭に浮《う》かんだ。

遥はからずも、蒼汰と並《なら》んで歩くことになった。サーヤたちに見られたら、勘違《かんちが》いして大騒《おおさわ》ぎされそうだ。

（去年、どんな自画像《じがぞう》を描《か》いたんですか？　いま作ってるアッサンブラージュって、どんなテーマなんでしょう？）

聞きたいことはたくさんあるのに、喉《のど》から言葉が出てこない。

「三年の井上《いのうえ》明日香《あすか》さんって、もしかして井上のお姉《ねえ》さん？」

とつぜん聞かれて、遥《はるか》はぎくっとした。

「あ、はい」

「お姉さんすごいよね。オリンピック目指《めざ》してるんだって？」

遥はぎこちなくうなずきながら、つぎのせりふに身がまえた。「ぜんぜん似《に》てないね」と、ぜったいいわれる。

けれど蒼汰《そうた》は、予想外の話をはじめた。

「出来《でき》のいいきょうだいがいるのも、良し悪《あ》しだよね。うちの兄貴《あにき》も徳大寺《とくだいじ》学園でさ」

徳大寺学園は中高一貫《いっかん》の、県下ではトップの進学校だ。東大か京大に入れなければ、落ちこぼれと呼《よ》ばれる世界。

「すごい。優秀《ゆうしゅう》なんですね」

「おまけにルックスもいいんだよ。バレンタインには兄貴のおこぼれのチョコを山ほど食うから、ニキビができちゃってさ」

蒼汰《そうた》は頭をかいた。

（副部長も、お兄《にい》さんと比《くら》べられて、いやだったりするのかな）

「あ、ぼくはチャリだから。お疲《つか》れ」

話を続けたかった遥《はるか》は、気持ちが宙《ちゅう》ぶらりんになった。でも蒼汰は自転車を引き出すと、遥を見て、手をふってくれた。

ぽっと、遥の胸《むね》に明かりがともる。

「気をつけて帰れよ」

遥を追い越《こ》すときに、蒼汰はまた声をかけてくれた。うれしかった。蒼汰と自分に共通点があるとわかったことも。

副部長は、だれにでもやさしい。

部長が瑠衣《るい》にいったというせりふが、トゲのように胸に刺《さ》さっていたけれど。

当番の先生が「早く下校しなさい」と声を上げている。蒼汰を見送っていた遥は、足早《あしばや》に校門へむかった。

暮《く》れなずんだ空の下を、遥《はるか》はてくてく歩いていった。長いエスカレーターのある駅ビル。バス停《てい》に並《なら》んでいる、どんよりした顔つきのひとびと。風にあおられている、けばけばしい色ののぼり。そうしたものがいつにもまして、遠く感じられる。

(イド・モルゴル。エリンは滅《ほろ》びの世界に追放されたと、ユニコーンはいっていた)

「現実《げんじつ》」になじめず、帰るべきべつの場所があるような気がしていたのは、自分がもともと、べつの世界の住人だからなのか。

(そしてアウレリアでは、わたしは楽園《らくえん》を守る司《つかさ》のひとりだった)

エリンの魔力《まりょく》は奪《うば》われてしまったと、ユニコーンはいった。けれど遥は野薔薇《のばら》たちが、うやうやしく自分に道をあけたことを覚えていた。あれは、自分が花の司だったというあかしではないのか。

エリン、エリンと、花たちは揺《ゆ》れていた。

(ユニコーンは、「飛べないのか」と驚《おどろ》いていた。つまりわたしは、ほんとうなら空

を飛べるんだ）

遥《はるか》は立ち止まって空を見上げた。一気に高みへと舞《ま》い上がり、マッチ箱のようなビル群《ぐん》を見下ろす自分を想像《そうぞう》する。重力から解放《かいほう》される、めくるめく快感《かいかん》を。

（飛んでいるわたしを見たら、副部長はどんな顔をするだろう）

高揚《こうよう》した気分のまま帰ると、母親は機嫌《きげん》が悪いときの顔をしていた。

父親の帰りはいつも遅《おそ》いし、明日香《あすか》は体操《たいそう》クラブだから、遥はたいてい母親とふたりで夕飯を食べる。車で明日香の送り迎《むか》えをしている母親は、あわただしく夕食をすませることがほとんどだ。その日も食卓《しょくたく》での会話はなかったが、遥は気にしなかった。

母親の迎えで帰って来た明日香が食事をはじめると、遥も口さみしくなって、冷蔵《れいぞう》庫《こ》からヨーグルトを取りだした。

母親が、ぼそりといった。

「奈良《なら》のおばあちゃんが週末に来るそうよ、明日香の県大会を見に」

（お母《かあ》さんの不機嫌の原因は、それか）

遥《はるか》は、ようやく腑《ふ》に落ちた。

「そうなんだ。で、どのくらいこっちにいるの？」

「さあ、まだわからない。県大会がすんで落ちついてからのほうがよかったんだけど」

「いいじゃん、応援《おうえん》に来てくれるんだから。試験的に同居《どうきょ》してみるってこと？」

明日香《あすか》がずばりというと、母親は眉間《みけん》にしわを寄《よ》せた。

「まだなにも決まってないのよ。とにかく明日香はよけいなこと考えなくていいから、自分のことに集中してね」

(お母《かあ》さんはだいじな試合の前に、お姉《ねえ》ちゃんの気持ちが乱《みだ》れるのを心配しているんだ。お母さんにとって一番だいじなのは、お姉ちゃんの優勝《ゆうしょう》だから)

明日香は、いらない心配だという顔をしている。

「きょうは伸身《しんしん》ダブル、一度も失敗しなかったんだよ。大会でも、ばっちり決めてみせる」

伸身《しんしん》ダブルは段違《だんち》い平行棒《へいこうぼう》の大技《おおわざ》だ。明日香《あすか》の、いちばんの得意種目。

明日香《あすか》のとなりでヨーグルトを食べていた遥《はるか》の頭に、ふっとある場面がよぎった。段違《だんちが》い平行棒《へいこうぼう》で演技《えんぎ》している明日香が、手をすべらせて落下する。そのストップモーション。

「ミスる」

顔を上げると、母親がこわばった顔で遥を見つめていた。明日香はなにも聞かなかったように、もくもくとごはんを食べている。

遥はぞっとした。そんなつもりはなかったのに、不吉《ふきつ》な言葉が口をついてしまったのだ。

「遥。どうして、そんなことをいうの?」

母親が険《けわ》しい顔で、声を震《ふる》わせた。

14

両親が苦りきった顔で、ソファに座《すわ》っている。遥《はるか》の信じられない発言について、話し合っているのだ。

「嫉妬《しっと》だな」と、父親がいう。「明日香《あすか》ばかりが注目されるんで、おもしろくないんだろう」

「わたしが悪いっていうんですか？」

母親は声を尖《とが》らせた。

「わたしはいつだって、ふたりを分けへだてしないように気をつけてきたわ。あなたは家のことは、わたしに丸投げじゃありませんか。遥がいじけた子に育ったのは、わたしのせいじゃありません」

「いじけるのはまだしも、きょうだいを平気で傷《きず》つけるような子とは思わなかった」

ほとほとあきれたように、父親がため息をつく。

「どうってことないわ」

いきなりリビングが体育館に変わり、明日香《あすか》が段違《だんちが》い平行棒《へいこうぼう》の演技《えんぎ》をしていた。

「いやみだの意地悪《いじわる》だの、いちいち気にしていたら、トップには立てないの」

明日香はD難度《なんど》の大技《おおわざ》を、みごとに決めてみせた。

観客席には同級生が並《なら》んでいる。サーヤのとなりには、勝ち誇《ほこ》った顔のくるみがいた。

「お姉《ねえ》さんは立派《りっぱ》ね、だれかと違《ちが》って」

その場にいた柳原瑠衣《やなぎはらるい》も、あきれたように遥を見る。

「花の司《つかさ》ですって？　じつは別世界の魔法使《まほうつか》いですなんて、典型的な中二病ね。劣等《れっとう》感《かん》まるだしでイタいんだけど」

観客たちは立ち上がり、遥をあざけってはやしたてる。

「役立たず、役立たず、役立たず」

足を踏《ふ》み鳴らす音が、うねるように大きくなった。

「役立たず、役立たず、おまえなんかいなくたって、だれも気にしない」

「やめて！」

むりやり夢《ゆめ》を引きはがし、遥《はるか》は目をあけた。

ベッドにいることは実感できたが、いまのがぜんぶ夢だったのか、はっきりしない。両親が話し合っていた光景は、現実《げんじつ》だった気もする。

（いやな夢。でも、目覚めたって悪夢《あくむ》だ。なんで「ミスる」なんていっちゃったんだろう）

一度口から出た言葉は、引っこめることができない。明日香《あすか》が失敗する光景がありありと浮《う》かび、つい声がもれてしまったのだ。

耳を澄《す》ますと、キッチンで母親が弁当《べんとう》をつくっている音が聞こえてきた。もうすぐ目覚ましが鳴る時間だ。

起きればなにが待っているか、遥は手に取るようにわかった。

遥《はるか》が「おはよう」といえば、家族は遥の顔を見ずに「おはよう」と答えるだろう。夕べの失言のせいで、朝食の席は居心地《いごこち》の悪い空気に支配《しはい》されるはずだ。両親が、なにもなかったようにふるまったとしても。

明日香《あすか》は、夕べの話はするなというオーラをだす。自分は黙《だま》りこくったまま、味のしないご飯を口に運ぶ。

家を出れば、明日香はすたすたと先を歩いて行くだろう。いつものように、まっすぐ前を見つめて。そしてうなだれた自分は、ビル群《ぐん》が次々につぶれていくさまを想像《そうぞう》する。

ぺしゃん。ぺしゃん。

壊《こわ》れていく世界、壊れていくわたし。

(魔《ま》法使《ほうつか》いみたいに、未来が見えたわけじゃない。きっとお姉《ねえ》ちゃんが妬《ねた》ましくて、心の底では失敗すればいいと思っていたんだ。だから、大会でミスする場面が浮《う》かん

だ。最低。そんな自分なんかいらない。井上遥なんて、消えてしまえばいい）

そう。消えてしまえばいいのだ。

ここはイド・モルゴルという滅《ほろ》びの世界で、井上遥など、かりそめの存在《そんざい》だ。ほんとうの自分はアウレリアの花の司《つかさ》、エリンなのだから。

（帰ろう。アウレリアへ）

遥は起きだしてスケッチブックをひろげ、ユニコーンに訴《うった》えた。

「わたしを連れ戻《もど》して。この世界は、わたしの居場所《いばしょ》じゃない。アウレリアへ帰りたい！」

15

めまいに襲《おそ》われて、遥《はるか》は目をつむった。

ひどい吐《は》き気《け》がする。目をあけると、そこは自分の部屋《へや》ではなく、森の中だった。

記憶《きおく》の塔《とう》が、雲をついてそびえている。

(アウレリアに来られたんだ)

気分は最悪で、なかなか立ち上がれない。アウレリアに来るのに、こんなに苦しい思いをするのははじめてだ。

おまけに、着ているのはパジャマだった。顔をさわっても平べったいし、髪《かみ》も黒い。すがたは井上遥《いのうえはるか》のままのようだ。

(とにかく、ユニコーンを探《さが》さなきゃ)

遥は、よろよろと身を起こした。当てはなかったが、記憶の塔に続いていた道を、先へ進むことにした。空は紫《むらさき》とオレンジのグラデーションで、音楽を奏《かな》でるように風が鳴っている。

彼方《かなた》には青くつらなる山並《やまな》みが見えた。山の上の空には、オーロラがたなびいている。

小径《こみち》をしばらく行くと、一面に星型で、赤いふちどりのある青紫《あおむらさき》の花が咲《さ》いていた。

見たことのない可憐《かれん》な花に、遥《はるか》は顔を近づけた。ふいに人の顔が見えたので、遥はぎょっとしてあとずさった。

花から遠ざかると、顔も消えた。不思議に思った遥は、もう一度、そろそろと首を伸《の》ばしてみた。

(水)

よくよく見ると、花畑の中央に泉《いずみ》があるのだった。透明《とうめい》な水に花々が映《うつ》りこんでいるので、そこが水面《みなも》だと気がつかなかったのだ。

水面に映っていたのは、井上遥。

（みっともない顔）

遥《はるか》は、ぼさぼさの髪《かみ》を整えた。すると水面《みなも》が震《ふる》えたように波打った。泉《いずみ》の面《おもて》から遥を見上げてきたのは、エリンの顔だった。

「情《なさ》けない顔をしないで。自分はちっぽけで、なにもできないと思いこんでいるのでしょう。そんな呪《のろ》いに、屈《くっ》してはだめ」

形のいいくちびるが動き、涼《すず》やかな声が聞こえた。

「エリン。エリンなの？」

「ええ。そして、あなたも」

「シレーヌに魔力《まりょく》を奪《うば》われたんじゃないの？」

泉に映《うつ》るエリンは、ふっと笑った。

「シレーヌにもだれにも、奪えないものがある」

毅然《きぜん》としたエリンの表情《ひょうじょう》に、遥は見とれた。光を放つ赤銅色《しゃくどういろ》の巻《ま》き毛《げ》が、顔をふちどっている。これが、ほんとうの自分だというのか。

「ユニコーンに聞いたの。シレーヌは自分が王妃《おうひ》になりたくて、あなたを追放したんだって」

「ナイアドに会ったのね」

エリンの瞳《ひとみ》が、ぱっと輝《かがや》いた。

(ナイアド？　それが、あのユニコーンの名前？)

「シレーヌは自分が王妃になりたいから、わたしもなりたがっていると思ったのよ。ひとは自分を物差しにして、他人をはかるものだから」とエリンはいった。

「じゃああなたは、王妃になりたくないの？」

「そんなことより、わたしは知りたかった。王がなぜ、わたしを見て微笑《ほほえ》んだのか。未来の花嫁《はなよめ》とわかって微笑んだのだと、みなはいったわ。でも、まぢかで見たわたしにはわかる。あれはそんな幸福な笑《え》みじゃなく、むしろ苦笑いだった」

(苦笑い？)

「ねえ、わたしには疑問《ぎもん》がやまほどあったの。

『赤い月が昇《のぼ》るとき
王は眠《ねむ》りから目覚め
永遠《えいえん》の妃《きさき》をめとる』

城《しろ》に刻《きざ》まれた碑文《ひぶん》を見るたびに、わたしは不吉《ふきつ》なものを感じた。どういう意味なのか、いくら考えてもわからないし」

エリンは、考えこむ顔になった。

「イド・モルゴルだって、滅《ほろ》びの世界というけれど、実際《じっさい》に見て来たひとはいない。追いやられたのは悔《くや》しいけれど、どれだけ殺伐《さつばつ》としたところなのか、知りたいとは思っていた」

「知る価値《かち》なんかない。アウレリアのほうが、何千倍も綺麗《きれい》よ」

「そう、アウレリアは楽園《らくえん》だとだれもがいう。でもここだって、嫉妬《しっと》や争いと無縁《むえん》の世界じゃないわ。わたしたちが知ることはほんのわずかで、夢魔《むま》がどんな生きものなのか、実際には良くわからない」

「夢魔《むま》？」

「王がアウレリアから追放した魔物《まもの》。四人の司《つかさ》は防壁《ぼうへき》を張《は》りめぐらせて、夢魔が入りこむのを防《ふせ》いでいるの。わたしは敵《てき》を知るために、危険《きけん》な魔法を使ってみた。そのとき見た夢魔のすがたは……」

遥《はるか》の背後《はいご》で、がさりと音がした。

16

ふりむくと、トカゲの顔をした生きものと目が合った。遥《はるか》の胸《むね》のあたりまでの背丈《せたけ》で、歯が尖《とが》っている。首には桃色《ももいろ》の大きなリボンを結んで、花籠《はなかご》をもっていた。

「こんにちは！」と、トカゲがいった。声はかわいらしい。

「薬草摘《やくそうつ》みには、ちょうどいい陽気ですね」

「あ、ええ」

しゃがみこんでいた遥は、立ち上がってパジャマの皺《しわ》を伸《の》ばした。トカゲは、丸い目で遥を見つめている。

「素敵《すてき》な服ですね。わたしはペルル。はじめまして」

「はじめまして」

ペルルにじっと見つめられ、遥は「わたしは遥」と名乗った。ふりむいてみると、泉《いずみ》からエリンは消えていた。

「では、ごきげんよう。よき日を」

「あ、ちょっと待って」

遥《はるか》はペルルを呼《よ》びとめた。

「わたし、ナイアドというユニコーンを探《さが》しているの。もしかして、どこにいるか知らない？」

ペルルは、リボンを巻《ま》いた首を傾《かし》げた。

「さあ。ユニコーンは群《む》れで生活していて、ほかの生きものとは交わりませんから。なにしろ王獣《おうじゅう》だし」

「おうじゅう？」

「ユニコーンは王さまから、とくべつな力を与《あた》えられた聖獣《せいじゅう》ですものね。近くに来るのは、決まったときだけで」

「どんなとき？」

「そのひとの時間が尽《つ》きたときです。ユニコーンは死んだひとを黄泉《よみ》の谷まで導《みちび》いてくれるでしょう？　黄泉《よみ》の谷に行ったひとは、べつの命をもらって、また生まれてくる」

遥《はるか》は驚《おどろ》いた。それではユニコーンは、死神のような役割《やくわり》の生きものなのか。

「そうなんだ……知らなかった」

「でも、生まれ変われるって素敵《すてき》ですよね。わたしたちも、生まれ変わる前は姉妹《しまい》だったかもしれませんもの。虫や花だって、みんな家族みたいなものです」

ペルルは、にっこり笑った。

「でもユニコーンの名前を知っているひとなんて、はじめて会いました」

「わたし、ナイアドに会って、教えてもらわなきゃいけないことがあるの」

ペルルは、遥の思いつめた顔を見上げた。

「ユニコーンは輝《かがや》きの平原にいることが多いって、聞いたことがあります。よかったら、ご案内しましょうか？」

「え、いいの？」

「もちろんです」

ペルルは短い脚《あし》で、トコトコと歩きだした。あとに続きながら、遥《はるか》はありがたく思った。

「ごめんなさいね。薬草を摘《つ》んでたのを邪魔《じゃま》しちゃって」

「ジャムじゃなくて、お茶用です。入り用のぶんは、もう摘みましたし」

ペルルは「邪魔」を「ジャム」と聞き違《ちが》えたようだった。森を抜《ぬ》けた遥は、草原に男が立っているのに気づいて、足を止めた。

背《せ》の低い男で、戦国時代の武将《ぶしょう》のように甲冑《かっちゅう》を身につけている。ぼんやりした顔で、ホイップクリームのような雲が浮《う》かんだ空をながめていた。下半身はうすぼんやりして、風景が透《す》けて見えている。

(幽霊《ゆうれい》?)

ペルルも、その男に気がついた。

「あ、『旅人』ですね」

「旅人？」

「べつの世界で、夢《ゆめ》を見ているひとなんですって。たまに、まぎれこんで来ることがあるんです。悪いものじゃないから、防壁《ぼうへき》をすり抜《ぬ》けるらしくて。わたしも、見るのはひさしぶり。すぐに消えちゃうから、蜃気楼《しんきろう》みたいなものです」

ペルルのいうとおり、鎧《よろい》をつけた男は、ふっと消えてしまった。

（むかしの侍《さむらい》みたいだったけど、どういうことだろう。時代劇《じだいげき》の役者さん？）

ペルルは、小高い丘《おか》をのぼりはじめた。

「よかった。ほんとうに輝《かがや》きの平原にいるみたいですよ。声が聞こえますもの」

遥《はるか》にはなにも聞こえなかったが、足早《あしばや》になったペルルを追ううちに、笛《ふえ》のようないななきが聞こえてきた。

ひーるぅ、ひーるぅ。

視界《しかい》がひらけて飛びこんできたのは、息をのむ光景だった。

（ユニコーン！）

銀色になびく草地にいたのは、白いユニコーンの群《む》れ。二十頭以上いるだろう。夕陽《ゆうひ》を浴びて、角《つの》にはめた黄金《おうごん》の輪が、きらきらと輝《かがや》いている。

ユニコーンたちは思い思いに草を食《は》んだり、角を突《つ》き合って戯《たわむ》れていた。あちこちで、白いしっぽが、さざ波のように揺《ゆ》れている。

「ユニコーンは敏感《びんかん》だから、脅《おど》かさないように、ゆっくり近づいたほうがいいですよ」とペルルがささやいた。

「じゃあわたしは、これで。ナイアドさんに、うまく会えますように」

ぺこりとおじぎすると、ペルルはパタパタと丘《おか》を駆《か》け降《お》りていった。ユニコーンには、あまり近寄《ちかよ》りたくないらしい。

「ほんとうにありがとう！」

遠ざかっていくペルルに、遥《はるか》は手をふった。ペルルもふりむいて、さかんに手をふる。

（あの群れの中に、ナイアドがいるはずだ。たとえいなくても、居場所《いばしょ》はわかるだろ

う）

遥《はるか》は慎重《しんちょう》に、ユニコーンたちのほうへ歩みだした。しかし一頭のユニコーンが、たちまち遥に気づいた。

「ケーン」と金管楽器のような声が響《ひび》くと、ユニコーンたちは首をめぐらし、草地を蹴《け》立《た》てて走りはじめた。白い尾がなびき、ユニコーンたちは一陣《いちじん》の風となって、みるみる遠ざかっていく。

「待って、行かないで！」

追いかけようとした遥の上に、さっと影《かげ》が落ちた。

「止まれ！　うろんなやつ。おまえは何者だ？」

バサバサと羽音《はおと》を立て、二羽のハーピーが舞《ま》い降《お》りてきた。

17

険《けわ》しい女の顔をした、漆黒《しっこく》の猛禽《もうきん》。太い脚《あし》はたくましく、するどい爪《つめ》はオレンジ色をしている。遥《はるか》の倍はあろうかという大きさだ。猛々《たけだけ》しいすがたを目の当《まあ》たりにした遥は、恐怖《きょうふ》ですくみあがった。

「こいつは夢魔《むま》か？」

ハーピーのくちびるが、めくれあがった。

「待て。ここで殺さず、ひとまずシレーヌさまのもとに引っ立てよう」

もう一羽のハーピーは黒い羽をばたつかせ、かぎ爪《づめ》を伸《の》ばしてきた。

(助けて！)

バシッ。

するどい音がして、閃光《せんこう》が走った。

目の前がまっ白になったかと思うと、遥は竜巻《たつまき》にさらわれ、空高く舞《ま》い上がっていた。耳もとで、びゅんびゅん風を切る音がする。すさまじい勢《いきお》いで、なにかに吸《す》い寄《よ》せられるように、空を運ばれている。

遥《はるか》は息がつまった。目をあけることもできないまま、急降下《きゅうこうか》する感覚がした。どすんと、やわらかい場所に着地したのがわかる。

くらくらしながら、遥は目をあけた。

そこはすっきりと片《かた》づいた、白が基調《きちょう》の室内だった。遥がいたのは、銀糸《ぎんし》で刺繍《ししゅう》された布が敷《し》かれたベッドの上だ。

くるぶしまで流れる銀髪《ぎんぱつ》の、長身の女性《じょせい》がいた。まとった白銀《はくぎん》のドレスが、さらさらと音を立てている。若《わか》くはない、ということしかわからない、典雅《てんが》なたたずまい。

女性は壺《つぼ》からひとつかみの茶葉《ちゃば》を取りだすと、鍋《なべ》に入れて煮出《にだ》しはじめた。透明《とうめい》な器《うつわ》にそそがれた茶は、青紫《あおむらさき》の色をしていた。女性は器を手にして近づいて来た。悠《ゆう》然《ぜん》として、近寄《ちかよ》りがたい顔つきで。

「これを飲んで、ひと息つきなさい。怖《こわ》がることはありません。わたしはセル、月の司《つかさ》です」

（月の司？）

「この茶葉は、エリン、あなたにもらったのですよ。記憶力《きおくりょく》を良くする効能《こうのう》があるといってね」

遥《はるか》はびくっとして、目を見ひらいた。

「わたしがエリンだって、わかるんですか？」

「わたしは月の司ですから」

セルは、お茶を遥の鼻先に近づけた。さっきの泉《いずみ》のほとりに咲《さ》いていた花と、おなじ香《かお》りが立っている。

遥はお茶を受け取り、ひと口すすってみた。とたんに、からだがほっとゆるむのがわかる。

「おいしい」

セルはひじ掛《か》け椅子《いす》に腰《こし》を下ろした。手には、ほの白く光る杖《つえ》がにぎられている。

遥《はるか》は「威厳《いげん》」という言葉の意味が、はじめてわかった気がした。月の司《つかさ》セルは、遥が知っている大人たちとは、まったく違《ちが》っていた。たたずまいは静かなのに、その場を圧《あっ》するような存在感《そんざいかん》がある。

「あなたが、ハーピーから助けてくれたんですね」

セルは、かすかにうなずいた。

「あの……ありがとうございました。でもわたしを助けたら、シレーヌとまずいことになりませんか？」

「おやおや。ひとの心配をしている場合かしら」

セルは杖《つえ》をなで、遥を見つめた。

「耐《た》えられずに逃《に》げだしてきたようね。勇んで乗りこんできたのでなければ、シレーヌには歯が立ちません。イド・モルゴルに帰りなさい。もっとおのれを磨《みが》いて、出直してくるべきね」

「あそこへは、もう帰れないんです」

遥《はるか》は、ぎゅっと茶器《ちゃき》をにぎりしめた。

(このひとは味方なの？　でもエリンが追放されるのを、このひとは黙《だま》って見ていたんだ)

「わたしがシレーヌを止めなかったと思っているのですね」

遥の考えを見透《みす》かしたように、セルがいった。

「でもわたしは、あなたなら呪《のろ》いをといて、アウレリアに戻《もど》って来られると信じていたのですよ。べつの世界を知ることは、あなたのためになるとも思ったし」

遥は背中《せなか》をこわばらせた。「あなたのため」という大人のせりふは大嫌《だいきら》いだ。

じつのところ、セルはエリンがアウレリアに戻れるように、ひそかに力を貸《か》してきたのだ。しかし、恩着《おんき》せがましいことをいうつもりはなかった。

「それに、あなたが禁《きん》を犯《おか》したのは事実です。あとさき考えず、王をむりやり眠《ねむ》りから覚まそうとしたのですから。そんなことをしたら、なにが起きるかわからなかったのに」

おだやかなセルのすがたが、ふいに大きくなったように見えた。

「エリンは、知りたいことがあったんです」

圧倒《あっとう》されながらも、遥《はるか》はいい返した。セルの顔が厳《きび》しくなる。

「あなたとシレーヌは、よく似《に》ています。自分の能力《のうりょく》が高いのを知っているから、ひとの意見に耳を貸《か》さない。王国よりも、おのれの欲求《よっきゅう》に忠実《ちゅうじつ》であろうとする。あなたとシレーヌが、いずれ正面からぶつかるのは明らかでした。わたしはアウレリアのために、あなたの追放を支持《しじ》したのです」

「でも」と遥はいった。

「わたしがエリンなら、わたしの居場所《いばしょ》はここです。わたしはなんとかして、奪《うば》われた魔力《まりょく》を取り戻《もど》したい。どうすればいいか教えてください」

セルは、しばらく考えこんでいた。やがて息をつくと、かたわらにあった壺《つぼ》の中から一個《こ》の果実《かじつ》を取り上げた。虫食い穴《あな》があき、茶色く変色している。

「こんな物を、いくつも見つけました。シレーヌの妄執《もうしゅう》でバランスが崩《くず》れ、夢魔《むま》の力が強まっているのです。花の司《つかさ》になったロラは、シレーヌのいいなり。あなたのほうが頼《たよ》りになるのは、たしかですね。以前の力を取り戻《もど》すことができれば、ですが」

「風の司は、どっちの味方なんですか？」

「それこそ風向きしだいで、どちらにもなびくでしょう。風の司に悪意はない。けれど、それだけでは足りないのですよ」

セルはもどかしそうに、杖《つえ》で床《ゆか》をなぞった。

「わたしはずっと、平和な解決を望んできました。司どうしが争えば、夢魔《むま》の思うつぼですからね。でも、そうもいっていられないほど、事態《じたい》は悪くなってしまった。この果実《かじつ》のように、アウレリアは虫喰《むしく》われている」

セルは、つぶやくようにいった。

「ロラから花の司の杖を奪《うば》うことができれば、うしなった魔力《まりょく》を取り戻せるかもしれません」

「どうやったら、杖を奪えるんですか？」

「エリンだったら、できるでしょう。アウレリアにいる時間が長くなれば、それだけ呪《のろ》いも弱まるはず。それにあなたとロラは、かつては友人だったのですし」

「友人？　でも、ロラはシレーヌのいいなりなんですよね。ロラはエリンを裏切《うらぎ》ったんですか？」

「知りたければ、ロラにききなさい。いっておきますが、ロラとの戦いに力は貸《か》せません。それはあなた自身で、勝ち取らなければいけないことだから」

遥《はるか》はくちびるを噛《か》んだ。どうしよう。自分に、そんなことができるだろうか。

「あの、その前にナイアドというユニコーンに会いたいんですけど」

セルの瞳《ひとみ》が、ほのかにゆらめいた。

「ユニコーンは役目を果《は》たすとき以外、ほかの生きものとは交わりません。むりに会おうとすれば、ナイアドに迷惑《めいわく》がかかるだけです」

（そんな……）

セルは、遥を奮《ふる》い立たせるようにいった。

「覚悟《かくご》を決めなさい。イド・モルゴルでもアウレリアでも、戦わずして生きることなどできないのですよ」

18

鳥の司《つかさ》シレーヌはくちびるを噛《か》みしめ、ハーピーの屍骸《しがい》を見下ろしていた。からだはひどくねじれ、羽は無残にむしり取られている。アウレリアには、ハーピーを襲《おそ》う動物などいない。

一羽のハーピーが緊張《きんちょう》した声で、シレーヌに告げる。

「ほかにも、輝《かがや》きの平原に夢魔《むま》があらわれたという報告《ほうこく》がございます。取り逃《に》がしたそうですが、奇妙《きみょう》な服を着て、少女のなりをしていたと」

（少女？）

眉《まゆ》をひそめたシレーヌは、ほかにも異変《いへん》がないか、見回りを徹底《てってい》させることにした。

ハーピーたちが散じたあと、シレーヌも夜空へ舞《ま》い上がった。するどい目で四方を見《み》渡《わた》し、風の匂《にお》いを嗅《か》ぐ。

（ふん。たしかに、不穏《ふおん》な気配《けはい》がする）

いつもは歌うように揺《ゆ》れている木々が、いまは不安なささやきをかわしていた。森を越《こ》えたシレーヌは氷月湖《ひょうげつこ》の上を旋回《せんかい》すると、眠《ねむ》る王のもとに降《お》りた。氷の下に横たわる王の肌《はだ》は、月明かりの下、雪のように白い。

シレーヌは王に変わりがないのを見ると、ひとまず胸《むね》をなで下ろした。

湖面に膝《ひざ》をつき、シレーヌは王の端正《たんせい》な顔を見つめた。王の頬《ほほ》をなでるように、つめたい氷に指を這《は》わせる。

「王よ、お教えください。これは、わたしのせいなのですか？　わたしがエリンを追放したから、アウレリアにほころびが生《しょう》じたと？」

王はまぶたを閉《と》じたまま、かすかな変化も見せなかった。これまでシレーヌが、あまたの問いかけをした時とおなじように。

「あなたは、なにも答えてはくださらない。けれど、わたしは知っています。まもなくあなたは眠りから覚め、わたしをご覧《らん》になって微笑《ほほえ》まれるでしょう」

シレーヌは恍惚《こうこつ》として、くちびるを氷にあてた。氷の下で脈打つ、王の鼓動《こどう》が伝わってくるようだ。

「ご心配なく。夢魔《むま》などすぐに退治《たいじ》してみせますわ。あなたの妃《きさき》にふさわしく」

(そう。かえって好都合《こうつごう》だ。夢魔が入りこんで来たのなら、狩《か》り立てて始末《しまつ》すればいい。そうすれば防壁《ぼうへき》を張《は》りめぐらせて、警戒《けいかい》する必要もなくなる)

シレーヌはからだを起こして月を見上げた。満月が近い月は蜂蜜《はちみつ》の色をしている。

シレーヌは、予感に震《ふる》えた。

(わたしにはわかる。夢魔の血が月を赤く染《そ》めるのだ。夢魔を倒《たお》せば、アウレリアに真《しん》の平穏《へいおん》が訪《おとず》れる。王はつめたい眠《ねむ》りから解放《かいほう》され、わたしと永遠《えいえん》に生きるだろう)


不穏《ふおん》な夜があけ、ともしび池に来た花の司《つかさ》ロラは、青ざめていた。

白いランプのように咲《さ》き誇《ほこ》っていた蓮《はす》の花が、のきなみ枯《か》れていたのだ。

(そんな！　いったいどうして、こんなことに？)

杖《つえ》を上げ、ロラは目の前の蓮に魔法《まほう》をかけた。茶色くしぼんでいた花びらが、ゆっくりと身を起こし、色とかたちを取り戻《もど》していく。

ロラはつぎつぎに魔法《まほう》をかけていったが、効《き》き目はじれったいほど遅《おそ》かった。七つほど花を生き返らせたころには、立っているのがつらいほど消耗《しょうもう》していた。広大な池の蓮《はす》をすべて生き返らせることを考えると、めまいがする。

それに、もし花が枯《か》れているのが、ここだけではないとしたら？

「ロラ？」

ロラは、ぎょっとしてふりむいた。そこに立っていたのは遥《はるか》だった。月の司《つかさ》が、ロラの居場所《いばしょ》を教えてくれたのだ。

「だれ？」

ロラは奇妙《きみょう》ないでたちの少女に身がまえた。夢魔《むま》が侵入《しんにゅう》した、という知らせが頭をよぎる。

「わかった、おまえは夢魔ね！　蓮の花を枯らしたのは、おまえのしわざでしょう！」

「違《ちが》うわ、わたしはエリンよ」と遥は答えた。「イド・モルゴルから戻って来たの」

「エリンですって？」

ひきつったロラは、遥《はるか》にすばやく杖《つえ》をむけた。

「だまされないわよ。夢魔《むま》は化けの皮をかぶって、ひとを惑《まど》わせるというわ。エリンだといえば、わたしが動揺《どうよう》すると思っているのでしょう。その手に乗るものですか」

遥はロラがもつ、蔦《つた》のからまる杖に目をやった。どうにかして、あの杖を手に入れなければ。

「惑わせたいなら、エリンに化けるはずでしょう？　これが、イド・モルゴルでのわたしなの」

ロラは信じられないとばかりに、首を横にふった。

「エリンがイド・モルゴルから戻《もど》って来られるはずがないわ。シレーヌさまに魔力《まりょく》を奪《うば》われたのに」

「でもあなたは、エリンと友だちだったんでしょう？」

「友だち！」とロラは歯を見せた。

「たいした友だちね。魔力《まりょく》が劣《おと》っていると、エリンはわたしを見下していた。ユニコーンのことだって、さんざん忠告《ちゅうこく》したのに、耳を貸《か》そうとしなかった。追放されたのは自業自得《じごうじとく》よ」

（ユニコーンのこと？）

なんのことか尋《たず》ねようとしたとき、ぷん、と異臭《いしゅう》が遥《はるか》の鼻をついた。花の枯《か》れる匂《にお》い。

水面《みなも》に目をやった遥は、蓮《はす》が全滅《ぜんめつ》しているのに気づいてぞっとした。いまの遥には、そのようすが、死体が折り重なっているに等しく見えたのだ。

ロラも、くちびるをわななかせた。先ほど生き返らせた蓮の花が、またしおれている。

遥とロラは、朝霧《あさぎり》の奥《おく》で、巨大《きょだい》な手のような影《かげ》が池を横切るのを見た。花だけではなく、丸い葉にまで、黒いしみがひろがっていく。

ロラは青ざめて、うめいた。

「これは夢魔《むま》のしわざだわ。シレーヌさまを呼《よ》ばなければ」

「でも、あなたは花の司《つかさ》でしょう。なんとかできないの？」

ロラは遥《はるか》をにらみつけたが、その顔はたちまちゆがんだ。

「ひどいわ。どうしてわたしが花の司になったとたんに、こんなことになるの。いままでずっと、花が枯《か》れることなんてなかったのに」

（ロラには、この池を救うほどの魔力《まりょく》はないんだ）

「ロラ、わたしにその杖《つえ》を渡《わた》して。エリンの魔力が戻《もど》れば、花を救えるかもしれない」

「いやよ！」

ロラは両手で杖をにぎりしめた。

「この杖を手に入れるために、どれだけ苦労したと思うの？　それに災《わざわ》いをもたらしたのは、きっとあなたよ。イド・モルゴルから戻るために、防壁《ぼうへき》に穴《あな》をあけたんでしょう！　そのせいで夢魔がアウレリアに入って来たんだわ。なんて身勝手なの！」

（わたしが、夢魔を招《まね》き入れた？）

「それは違《ちが》う」

凛《りん》とした声がした。駆《か》けこんできたのは、一頭のユニコーンだ。

（ナイアド！）

ナイアドの毛並《けな》みは汗《あせ》で光り、白いからだから蒸気《じょうき》が上がっている。

「防壁《ぼうへき》にひびが入ったとすれば、それはシレーヌがエリンを追放するために、イド・モルゴルへ通じる路《みち》を開いたせいだ。異変《いへん》が始まったのは、エリンがいなくなってからではないか。それは忍《しの》びやかにひろがり、ついに、このような惨事《さんじ》に至《いた》ったのだ」

「お黙《だま》り！　シレーヌさまなら、必ず夢魔《むま》を追いはらってくださるわ」

「花の司《つかさ》ともあろうものが、歴史を知らないのか？」

ナイアドはたてがみをふり立て、ロラに迫《せま》った。

「かつての災《わざわ》いの年（ユーレ）でも、司たちが一丸とならなければ、夢魔を追いはらうことはできなかったのだぞ。そして時がめぐり、いま、あらたな災いの年（ユーレ）が訪《おとず》れたのだ。夢魔と戦うために花の司の杖《つえ》をもつべきなのは、だれか。ロラ、おまえが一番よくわかっているはず」

「お黙《だま》り。シレーヌさまがいらっしゃれば、エリンの力など必要ないわ」

「たしかに魔力《まりょく》は強いが、シレーヌは近ごろ変わったと思わないか？」

ナイアドは、諭《さと》すように声を低めた。

「予言の碑文《ひぶん》にとらわれ、いつ王が目覚めるのか、そのことばかり考えている。シレーヌが注意を怠《おこた》らなければ、夢魔《むま》が入りこむのを防《ふせ》げたはずなのに」

「おまえはエリンの味方ですものね」と、ロラは肩《かた》を尖《とが》らせた。「ユニコーンの分際《ぶんざい》で、エリンに恋《こい》をした。そのせいで黄金《おうごん》の輪をうしなったくせに、まだ懲《こ》りないの？」

（恋？）

遥《はるか》は、はっとしてナイアドを見つめた。たしかにナイアドの角《つの》には、ほかのユニコーンがはめている金の輪がない。

ナイアドは遥の視線《しせん》を避《さ》けるように、たてがみを揺《ゆ》すった。

「そんなことは、いまはどうでもよい。ことはアウレリアの存亡《そんぼう》にかかっているのだぞ。花の司《つかさ》なら、蓮《はす》たちの悲鳴が聞こえるだろうに。なぜ手をこまねいている？」

ロラは杖《つえ》をにぎりしめた。あらためて池を見渡《みわた》した表情《ひょうじょう》には、迷《まよ》いが浮《う》かんでいる。

遥《はるか》は、ぶるっと武者震《むしゃぶる》いをした。

（しっかりしなきゃ。わたしは、エリンなんだから）

「ロラ。前にいやな思いをさせたなら、あやまるわ。でもエリンは、魔力《まりょく》をすべて失ったわけじゃない。シレーヌにだって、奪《うば》えないものがある。ためしに杖を貸《か》してくれない？　もしかしたら、蓮を救えるかもしれない」

ロラは決めかねていた。目が答えをもとめて泳いでいる。

「ロラ、お願い」

遥が手を伸《の》ばしたとき、猛々《たけだけ》しい羽音《はおと》が響《ひび》き、漆黒《しっこく》の鳥が舞《ま》い降《お》りてきた。

「ナイアドに見張《みは》りをつけておいたのは正解ね。やはり、エリンか。よくも舞い戻《もど》って来たものね」

「シレーヌさま！」とロラが叫《さけ》ぶ。

地表に降《お》り立ったシレーヌは、女のすがたに変わった。その美しい顔を見て、遥《はるか》は悲鳴をあげた。

シレーヌは、明日香《あすか》の顔をしていたのだ。

19

白木《しらき》の勉強机《づくえ》。リーフ柄《がら》のカーテン。緑のウォールステッカー。見なれた自分の部屋《へや》が目に映《うつ》っても、少しも現実感《げんじつかん》がなかった。枯《か》れ果《は》てた蓮《はす》。ナイアドの首の静脈《じょうみゃく》。風と水。たったいままでいたアウレリアの匂《にお》いが、まだ鼻孔《びこう》に残っている。

夢《ゆめ》を見ていたのだと思うには、すべてが、あまりになまなましかった。

ココハドコ?

ゲンジツハ、イッタイドッチ?

「遥《はるか》、いったいどうしたの?」

母親に肩《かた》を揺《ゆ》さぶられて、遥は自分が口呼吸《くちこきゅう》をしていることに気がついた。制服《せいふく》を着た明日香《あすか》が部屋の戸口に立ち、眉間《みけん》に皺《しわ》を寄《よ》せて遥を見つめている。明日香と目が合うと、遥はひっと息をのみ、からだを丸めた。カタカタと、自分の歯が鳴る音がする。

「ちょっと、熱っぽいわね」

遥《はるか》のひたいに手をあてた母親がいった。

「遥、大丈夫《だいじょうぶ》？　病院行く？」

遥は激《はげ》しく頭をふった。

「じゃあ、とにかく薬飲んで寝《ね》てなさい。きょうは学校休んでいいから」

母親の声が遠くに聞こえる。遥は怖《こわ》くてたまらなかった。なにより怖いのは、自分だ。

（どうしてシレーヌがお姉《ねえ》ちゃんそっくりなの？　アウレリアのことはぜんぶ妄想《もうそう》で、わたしは頭がおかしいの？）

自分は精神《せいしん》を病《や》んでいるのかもしれない。そう思うと叫《さけ》びだしそうになる。自分の頭でつくりだした世界だから、シレーヌが明日香《あすか》の顔をしていたのでは？

（シレーヌもユニコーンも、みんなわたしの空想なの？）

頭が割《わ》れるように痛《いた》い。鎮痛薬《ちんつうやく》を飲みこんだ遥《はるか》は、ベッドの中で震《ふる》え続けた。

遥は、つぎの日も起き上がれなかった。奈良《なら》から訪《おとず》れた祖母《そぼ》が心配してのぞきに来ても、しゃべる気になれない。

祖母と母親が、廊下《ろうか》で話している声が聞こえる。

「遥の具合が悪いなら、明日《あした》、私《わたし》がここに残るわ」

「お義母《かあ》さん、せっかくいらしたんですから明日香《あすか》の応援《おうえん》に来てください。遥だって子どもじゃないし、熱は下がったんですから」

(明日香が試合で失敗《しっぱい》するようなことをいったから、遥はバツが悪いんですよ。だから熱が下がっても、ひきこもっているんです)

口にださなくても、母親はそう思っているようだった。明日香はいつもどおりの調子で、「じゃ、行ってくるから」といってきた。

「お姉《ねえ》ちゃん」

明日香《あすか》を呼《よ》び止めて、遥《はるか》は言葉につまった。いまだに、姉の顔をまともに見るのが怖《こわ》い。

「月曜から学校行きなよ」

それだけいって、明日香は県大会にむかった。姉が無事《ぶじ》に優勝《ゆうしょう》することを、遥は心から祈《いの》った。

浅《あさ》い眠《ねむ》りから覚めると、大会が終わって、そろそろみんなが戻《もど》って来る時間だった。スマホで大会の結果を確《たし》かめようとしていると、がちゃりと玄関《げんかん》ドアがあく音がした。

(帰ってきた)

とたんに、遥はいやな予感がした。静かすぎる。明日香が優勝したのなら、母親の、はずんだ声が聞こえるはずなのに。

引きずるような足音がして、明日香が自分の部屋《へや》に入るのがわかった。勢《いきお》いよくドアが閉《し》まる。ますます悪い兆候《ちょうこう》だ。

起き上がって廊下《ろうか》をのぞくと、明日香《あすか》のようすを見に来た母親と目が合った。

母親は世界の終わりのような顔で遥《はるか》の部屋に入ってくると、うしろ手でドアを閉めた。

「個人総合《こじんそうごう》四位」

「なんで?」

遥はショックを受けた。明日香が三位以内に入らないなど、はじめてだ。

「段違《だんちが》い平行棒《へいこうぼう》は、ばっちりだったのよ。D難度《なんど》の大技《おおわざ》も決まったし、着地も完璧《かんぺき》。優勝間違《ゆうしょうまちが》いなしだと思っていたら、つぎの平均台《へいきんだい》の、ほんとうになんでもないところで落下したの」

「ケガしたの?」

ぞっとして、遥はたずねた。

「足首を少しひねっただけだから、問題ないって。だけど最後の床《ゆか》で、大技は使えなかったしね」

母親は肩《かた》を落とした。

「やっぱり、気にしていたのかも」

母親のつぶやきに、遥《はるか》は罪悪感《ざいあくかん》でめまいがした。

バン！と乱暴《らんぼう》にドアがあいた。入って来た明日香《あすか》の目が尖《とが》っている。

「やめてくれる？　ミスしたのはわたしで、だれのせいでもないんだから」

「でも」

「レオタード隠《かく》されたり、嫌《いや》がらせされることだってあるんだよ。なにをいわれてもつぶれないメンタルがなけりゃ、トップになんかなれないんだから」

明日香は母親をにらみつけた。

「遥は関係ない。お母《かあ》さん、ぜったい遥のせいにしないで。じゃないともう口きかないよ」

母親は無念そうに口をつぐんだ。胃がきりきりと痛《いた》かったが、遥もなにもいわなかった。

（謝《あやま》っちゃだめだ。ここで「ごめんなさい」っていったら、お姉《ねえ》ちゃんのプライドを踏《ふ》みにじることになる）

それでも、遥《はるか》は自分が許《ゆる》せなかった。「ミスる」という遥の予言をはね返そうと、明日香《あすか》はいつもより力んでしまったに違《ちが》いない。

（お姉ちゃんが優勝《ゆうしょう》できなかったのは、わたしのせいだ）

ろくに食事もしていないのに、胃がむかむかする。

「遥ちゃーん、オムライス食べに行かない？」

祖母《そぼ》の、のんびりした声が聞こえた。

20

遥《はるか》は、なかば強引《ごういん》に祖母《そぼ》に連れだされた。

「たまには、こういうからだに悪そうなものを食べたくなるのよねえ」

ショッピングモールの洋食レストランで祖母が選んだのは、ハンバーグとミックスフライのセットだった。遥の前には好物《こうぶつ》のオムライスが湯気《ゆげ》を上げていたが、食欲《しょくよく》はまったくわいてこない。

うつむいて黙《だま》りこくっている遥に、祖母はいった。

「遥ちゃん、美術部《びじゅつぶ》なんですって？　おばあちゃん、それ聞いたらうれしくなっちゃった。やっぱりおじいちゃんの血だなって」

「……おじいちゃんのことって、あんまり覚えてない」

消え入りそうな声で、遥はいった。

「まだ小さかったから、しかたないわよ。でも、おじいちゃんがいってたわ。遥は感《かん》受性《じゅせい》が豊《ゆた》かだから心配だってね」

（心配？）

「感受性が豊かで繊細《せんさい》だと、生きづらかったりするでしょ？　浮世離《うきよばな》れしているっていうか、おじいちゃんも、そういうところがあったから。ふつうならなんでもないことが、すごく大変だったり、ひとが気にしないことを気に病《や》んだりね。わたしは図太《ずぶと》いから、わかってあげられなかったけど」

祖母《そぼ》はそういって、エビフライをかじった。祖母の手指《てゆび》はかたく曲がり、フォークをもつのもしんどそうだ。それに気づいて、遥《はるか》はせつなくなった。

「うん、おいしい」と祖母は笑顔《えがお》になる。

「ねえ。遥ちゃんは、おなじ場所の夢《ゆめ》を何度も見たりする？」

夢。

遥は、おそるおそる顔を上げた。

「おじいちゃんの夢って、おもしろくてね。夢にだけ出てくる街《まち》があったの。行くたんびに変わっていて、前は自転車屋だったところが本屋になってたなんて、地図まで描《か》いてくれたのよ。芸術家《げいじゅつか》っていうのは、やっぱり違《ちが》うなと思って」

「知ってる街《まち》を夢《ゆめ》に見たんじゃなくて？」

「わたしも、むかし住んでいたところか、旅行先の街がデフォルメされて出てくるんだと思ってたけど。おじいちゃんは、どこかべつの世界にある街だっていうのよ。現《げん》実《じつ》にいない動物がいるし、魔法使《まほうつか》いもいるからって」

魔法使いのいる、べつの世界。

祖母《そぼ》は、遠いところを見るような目つきをした。

「絵っていうのも、そのひとだけの世界を表現《ひょうげん》する手段《しゅだん》なんでしょうね。おじいちゃんにはおじいちゃんの、遥《はるか》ちゃんには遥ちゃんだけの世界がある。おじいちゃんが、もうちょっと長生きしてくれたら良かったんだけどなあ。きっとわたしより、遥ちゃんのことをわかってあげられたと思うよ」

祖母が自分を励《はげ》まそうとしてくれていることは、よくわかった。

(おばあちゃん、心配させてごめんね。でもわたし、頭がおかしいの。べつの世界を夢《ゆめ》に見るだけじゃなくて、ほんとうにそこに行けちゃうんだから)

「そうそう」といって、祖母《そぼ》はわきに置いたエコバッグに手を伸《の》ばした。

「これ、遥《はるか》ちゃんにあげようと思って、もってきたの。押入《おしい》れの奥《おく》から出てきた、おじいちゃんの絵なんだけど」

小さな額《がく》に入ったその絵を見て、遥は息をのんだ。

鉛筆画《えんぴつが》に、水彩《すいさい》をほどこした小品《しょうひん》。花束《はなたば》を手にした少女に、白いユニコーンが寄《よ》りそっている。ユニコーンはまだ幼《おさな》いが、憧《あこが》れをこめたまなざしで少女を見上げていた。

(どうして？　どうしておじいちゃんが、ユニコーンの絵を？)

これは、どういった偶然《ぐうぜん》の符合《ふごう》なのだろう。

遥は、祖父《そふ》の絵から目がそらせなかった。ぽた、とガラスの上に涙《なみだ》がこぼれる。

「その女の子、遥ちゃんに似《に》てるなと思って。よかったらもらってくれる？」

祖母は遥が泣いているのに気づかないふりをして、食事を続けた。手つかずのオム

ライスは冷めて、トマトソースが膜《まく》を張《は》っていた。

家に帰って来ると、寿司《すし》の残り香《が》がした。大会がある日は、いつも明日香《あすか》の好物を取るのが習わしなのだ。優勝《ゆうしょう》のお祝《いわ》いとして。

明日香なら、むりにでも特上寿司をたいらげたはずだ。ミスなどしなかったように。

祖母《そぼ》にもらった絵をもって部屋《へや》に入ろうとすると、明日香が廊下《ろうか》に出てきた。

「罪悪感《ざいあくかん》とか、もたないでよね。迷惑《めいわく》だし」

遥《はるか》は、まだ明日香の顔がまともに見られなかった。二重の意味で怖《こわ》いのだ。明日香はシレーヌに似《に》すぎている。

「気が楽《らく》になるかもしれないからいうけど、わたしだって、あんたにひどいことしたことあるしね」

(なんのこと？)

明日香は目をそらした。

「最悪の裏切《うらぎ》り、かな。だから、たとえほんとに遥《はるか》にひどいことされても、文句《もんく》いえないってこと」

謎《なぞ》の言葉を残して、明日香《あすか》は自分の部屋《へや》に入ってしまった。

(最悪の裏切りって、なに?)

見当がつかなかった。きょうだい喧嘩《げんか》をしたことはあるが、明日香にいじめられたり、意地悪をされた記憶《きおく》はない。

部屋のドアを閉《し》めた遥は、あらためて祖父《そふ》が描《か》いたユニコーンをながめた。

ナイアドより幼《おさな》く、無邪気《むじゃき》な顔のユニコーン。

(わたしって、最低だ)

胸《むね》が、きりりと痛《いた》む。

(自分のことばかり考えて、ナイアドのことなんて忘《わす》れてた。わたしはこっちに帰ってきたけど、ナイアドはアウレリアにいるのに)

そうだ。アウレリアもナイアドも、まぼろしじゃない。

祖父《そふ》が時を超《こ》えて、それを教えてくれた気がする。

（わたしに味方したせいで、ナイアドはきっと、シレーヌにひどい目に合わされている）

なんとかしなければ。助けられるのは、エリンしかいないのだ。

遥《はるか》はクローゼットをあけた。二度と見たくないと放りこんだスケッチブックが、そこにある。アウレリアの下絵は、もう破《やぶ》いて捨ててしまったけれど。

遥はスケッチブックをひろげ、祖父の形見《かたみ》の色鉛筆《いろえんぴつ》をにぎった。

ナイアドを、記憶《きおく》を頼《たよ》りにして描《か》いていく。手を動かしているうちに、きれぎれの記憶が甦《よみがえ》ってきた。

エリンとナイアドが最初に会ったのは、水路の中州《なかす》だ。ナイアドが遥に「エリン、帰って来たのか！」と叫《さけ》んだ、あの場所。

エリンは四つ葉のクローバーを食べているナイアドを、木陰《こかげ》からのぞいていた。好奇心《こうきしん》いっぱいの少女だったエリンは、ユニコーンと友だちになりたくて、たまらなかったのだ。

声をかけると、ナイアドはすぐに駆《か》け去ってしまった。がっかりしたエリンは、クローバーで冠《かんむり》をつくった。ユニコーンの角《つの》に飾《かざ》れる大きさで。そして中州《なかす》にある木に冠をかけておいた。

(贈《おく》り物《もの》に、気がついてくれるかしら)

つぎの日に見に行くと、草の冠はなくなっていた。

ナイアドは、また中州にやって来た。少しずつ、少しずつ、エリンとナイアドはたがいの距離《きょり》を縮《ちぢ》めていった。はじめは遠くから、おたがいのすがたを盗《ぬす》み見るだけ。やがて水路をはさんで散歩するようになり、ようやく言葉をかわした。

「おまえは変わり者だな」

「あなたこそ」と。

すぐれた魔法使《まほうつか》いの片鱗《へんりん》をしめしていたエリンは、だれにも気づかれないようにナイアドと会った。胸《むね》をときめかせて。

議論《ぎろん》をかわし、月光を浴びて踊《おど》り、エリンとナイアドには絆《きずな》が生まれた。ふれることを禁《きん》じられているユニコーンのたてがみを、エリンはそっと撫《な》でた。

おたがいを無二の存在《そんざい》と感じる、あの想《おも》い。胸《むね》がたぎるような。

遥《はるか》はぽたぽたと、画用紙に涙《なみだ》をこぼした。

(ああ、ナイアド！　わたしはどうして、あなたの名前を忘《わす》れたりしたの？)

あのフィトンの林で、自分の名前さえ忘れている遥に、ナイアドはどれだけ傷《きず》ついただろう。ナイアドはひと目で、遥がエリンだとわかったのに。

(ナイアド、わたしを許《ゆる》して。わたしはアウレリアに帰る。今度会ったら、二度と離《はな》れない)

描《か》き上がったナイアドは、白い林の中にいた。遥は祈《いの》るように絵を見つめ、フィトンの芳香《ほうこう》につつまれるのを待った。

21

パドリンは茂《しげ》みにしゃがみこみ、目の色を変えて魔《ま》よけ草《ぐさ》の花を摘《つ》み取っていた。布袋《ぬのぶくろ》につめこまれた黄色の花は、つんとする香《かお》りを放っている。パドリンの指も、黄色く染《そ》まっていた。

「パドリン、ここにいたのね」

パドリンは、ぎくっとしてふり返った。声をかけてきたのは、ペルルだった。パドリンを探《さが》しまわっていたので、息をはずませている。

パドリンはふくらんだ布袋を、さっとうしろに隠《かく》した。

「魔よけ草を摘んでいたの？」

「あ、いや、うん」

パドリンは目を泳がせて、そっぽをむいた。

「ほかのみんなも探していたわ。魔よけ草は、夢魔《むま》から身を守るのに使えるからって。

夢魔《むま》が入りこんだって話、パドリンも聞いたのね」

「ああ」

パドリンはペルルを警戒《けいかい》するように、布袋《ぬのぶくろ》を自分に引き寄《よ》せた。

「あっちこっちで花が枯《か》れているし、夢魔に殺された動物もいるらしい。だから、早い者勝ちだよ。魔《ま》よけ草《ぐさ》の数だって、限《かぎ》りがあるんだから」

「そうね。見つけたら摘《つ》んで、みんなで分けましょう。ちいさな袋《ふくろ》にいれて、首から下げたらどうかしら」

ペルルが魔よけ草に手を伸《の》ばすと、パドリンはぱっとさえぎった。

「きみは、ほかのところを探《さが》したらどうだい？　ここは、ぼくが見つけたんだからさ」

パドリンの顔を見たペルルは、目を疑《うたが》った。いままで見たことがない、こずるい表《ひょう》情《じょう》が浮《う》かんでいたからだ。

「パドリン、あなた、へんよ」

ペルルは、ふいに寒気《さむけ》がした。

「いったい、どうしちゃったの？」

「どうもしやしない。この魔《ま》よけ草《ぐさ》の茂《しげ》みは、ぼくのだってだけだ」

自分をにらみつけるパドリンに、ペルルは言葉をうしなった。パドリンが急に、見知らぬひとのように思えてくる。

恐怖《きょうふ》という感情《かんじょう》が、はじめて、ペルルの胸《むね》にわいた。

そのとき、ざざざっと地を蹴《け》立《た》てる足音が響《ひび》いてきた。ユニコーンたちだ。たてがみをふり立て、みだれた足並《あしな》みで、草原《そうげん》を駆《か》け抜《ぬ》けてくる。

「ケーン、ケーン、ケーン」

危険《きけん》を知らせる鳴き声が、空気を震《ふる》わせる。いつも優雅《ゆうが》なユニコーンたちが、恐慌《きょうこう》をきたしていた。まだ幼《おさな》い一頭の脚《あし》がもつれ、どさっと横倒《よこだお》しになる。

幼いユニコーンが成獣《せいじゅう》たちに踏《ふ》みつぶされそうになったのを見て、ペルルは立ちすくみ、パドリンは助けようとした。

しかし一頭の成獣がすばやく駆《か》け戻《もど》ってくると、パドリンをさえぎった。成獣は、幼《おさな》いユニコーンを鼻面《はなづら》でつついて立ち上がらせる。幼いユニコーンは片足《かたあし》を引きずっていたが、なんとか持ち直して走りだした。

幼子《おさなご》を助けたユニコーンは、するどい瞳《ひとみ》をパドリンにむけ、駆《か》け去った。

立ちつくしていたパドリンは、ユニコーンの群《む》れが雷雲《らいうん》のように消え去ると、すとんとその場にしゃがみこんだ。

「パドリン、どうしたの？」

「ぼくは……」

パドリンは、かたかたと震《ふる》えていた。

「思ったんだ。魔《ま》よけ草《ぐさ》をひとり占《じ》めしたいって。ほかのひとに渡《わた》すのはいやだ。ペルル、たとえきみとだって、分けるのはごめんだ。自分さえ、夢魔《むま》に殺されずにすめばいいんだって」

パドリンは、ぼろぼろと涙《なみだ》をこぼした。

「ああ、ああ、いったいぼくはなんで、そんなことを考えたんだろう」

「まあ、パドリン！」

ペルルは、パドリンをぎゅっと抱《だ》きしめた。

「夢魔《むま》のせいよ！　きっと夢魔が吐《は》いた毒を吸《す》いこんだんだわ。あなたは、そんなことを考えるひとじゃないもの」

「ペルル！　ぼくは、自分が怖《こわ》い」

「大丈夫《だいじょうぶ》、大丈夫よ。アウレリアには四人の司《つかさ》がいるのですもの。すぐに、みんなもとどおりになるわ」

パドリンとペルルは抱《だ》き合って、さめざめと泣いた。


ひゅんひゅんと風を切り、風の司ビーは、氷月湖《ひょうげつこ》のほとりに立つ城《しろ》に舞《ま》い降《お》りた。

逆方向《ぎゃくほうこう》からは、月の司セルが飛んで来る。

「東側の防壁《ぼうへき》はどう？」とビーはせわしなくたずねた。

「くまなく調べたけれど、どこにもほころびはありません。夢魔が侵入《しんにゅう》した痕跡《こんせき》はないわ」

「西側もよ。いったい、どういうこと？　水路の水は濁《にご》っているし、ユニコーンは狂《くる》ったように走りまわっている。夢魔《むま》が入りこんだのは確《たし》かだわ。なのに、防壁《ぼうへき》には傷《きず》ひとつないなんて」

セルは、光る杖《つえ》を手につぶやいた。

「防壁の外に夢魔がいる。その前提《ぜんてい》が、そもそも間違《まちが》っていたのかも」

「まあ、なにをいいだすの？」

ビーがぎょっとした拍子《ひょうし》に、ヒュンとつむじ風が起きた。

「悪いものは外にある。そして自分たちは鉄壁《てっぺき》の魔法《まほう》で守られている。そう考えていたほうが安んじて暮《く》らせますからね。夢魔がアウレリアの中にいて、機会をうかがっていると思うより、ずっと」

セルは、怜悧《れいり》な目をビーにむけた。

「だれも防壁の外を知らないし、夢魔を見たこともない。わたしたちはただ、言い伝えを信じてきただけ」

ビーはすっかり落ち着きをなくして、その場を歩きまわった。

「ずいぶんと突飛《とっぴ》で、危険《きけん》な思想《しそう》ね。あなたがそんなことを考えていたなんて、知らなかったわ」

「わたしだけではありません。エリンも、おなじ疑問《ぎもん》をいだいていました。王を目覚めさせようとしたのも、おそらく、それを確《たし》かめたかったのでしょう」

「まあ、あなたはそんなことは、ひとことだって……」

「ええ。わたしは、ずるいのです」とセルは認《みと》めた。「王をむりやり起こすのは危険だし、エリンは若《わか》いだけに無鉄砲《むてっぽう》すぎました。だから追放にも反対しなかったのです。けれど、ほんとうに用心すべきなのはシレーヌの渇望《かつぼう》だったのかも」

「そのシレーヌは、この危機《きき》に集合もしないで、なにをしているの？　ロラもいないし、ふたりとも夢魔退治《むまたいじ》の最中《さいちゅう》なのかしら？」

シレーヌとロラは、ともしび池のほとりに立っていた。

「エリンに杖《つえ》を渡《わた》そうとしていたわね」

シレーヌの氷のようなまなざしに射《い》られ、ロラはからだを震《ふる》わせた。

「いいえ、まさかそんな！　エリンに惑《まど》わされただけです！」

「エリンに魔力《まりょく》など、残っているものですか」

シレーヌは、吐《は》き捨てるようにいった。

「自信も希望もすべて奪《うば》い去り、イド・モルゴルに追い落としたのだから。いったいどんな手を使って、戻《もど》ってきたのやら」

「でもまた、シレーヌさまがイド・モルゴルに追いやったのですね。エリンは急に消えましたもの」

それには答えず、シレーヌは、さげすむようにロラを見た。

「わたしが来る前に、どうしてさっさと始末《しまつ》しなかったの？　おまえはエリンを憎《にく》んでいた。エリンとユニコーンが禁《きん》を犯《おか》して密会《みっかい》していると、告げ口してきたのはだれだったかしら」

「わたしは、うそはついていません。それにエリンは氷月湖《ひょうげつこ》の氷を溶《と》かして、王を目覚めさせようとしたではありませんか。シレーヌさまを差しおいて、自分が妃《きさき》になるために」

「それは違《ちが》う」とナイアドがいなく。ナイアドはシレーヌの魔力《まりょく》で鎖《くさり》をかけられ、巨大《きょだい》な鳥籠《とりかご》に囚《とら》われていた。

「エリンは夢魔《むま》の正体《しょうたい》を、王に問いたかっただけだ」

「お黙《だま》り」とシレーヌは眉《まゆ》を上げた。

「ユニコーンともあろうものが、エリンに心を奪《うば》われるとは。王獣《おうじゅう》と思って見逃《みのが》してきたが、もう容赦《ようしゃ》はしない。エリンがまたあらわれたら、おまえも無事《ぶじ》にはすまないわよ」

シレーヌが命じると、ハーピーたちは鳥籠に爪《つめ》をかけ、空に持ち上げた。ナイアドは囚われたまま、空中高く運ばれていく。

「わたしは王をお守りするために氷月湖《ひょうげつこ》にむかう。おまえはここで、蓮《はす》の花を一輪残らず生き返らせなさい。途中《とちゅう》で放りだしたりしたら、杖《つえ》を失うだけではすまないわよ」

命令されたロラは青ざめた。

「わたしひとりで、ここに残るのですか？　もし夢魔《むま》がやってきたら……」

「その時は命がけで戦うのね。危険《きけん》は承知《しょうち》の上で、花の司《つかさ》になったのでしょう？」

恐怖《きょうふ》にこわばるロラを残し、シレーヌは空へ舞《ま》い上がった。

22

いつもなら明るく陽光に照らされる時刻《じこく》だというのに、アウレリアはどんよりした雲に覆《おお》われていた。草木もしおれ、ぐったりとうなだれている。記憶《きおく》の塔《とう》では、整然と綴《と》じられていた書物《しょもつ》がばらばらになり、司書のフクロウたちがあわてふためいていた。紙に書かれた文字は虫のように本から抜《ぬ》けだし、床《ゆか》を這《は》いまわっている。

ふたたびアウレリアにやって来た遥《はるか》は、霧《きり》の中をさまよっていた。手さぐりで歩いていくと、蓮池《はすいけ》のほとりに突《つ》きあたった。だれかが倒《たお》れている。花の司《つかさ》のロラだ。片腕《かたうで》を池の水にひたし、うつ伏《ぶ》せになっている。

「ロラ！」

遥は駆《か》け寄《よ》って、ロラを揺《ゆ》さぶった。ロラは疲《つか》れ果《は》て、薔薇色《ばらいろ》だった頬《ほほ》から色が消えている。

「もう、限界《げんかい》。生き返ったかと思うと、またしおれてしまう。わたしはやっぱり、司には力不足だったのね」

ロラは、力なくつぶやいた。池の蓮《はす》は枯《か》れ果《は》て、わずかに手前に一輪、白い花がぽつりと咲《さ》いているだけだ。

「しっかりして。休めば良くなるわ」

「もう、おしまいよ。命と引きかえに、最後の力を使ったの」

「なんでそんなことを……」

「あきらめて逃《に》げだしたって、行き場がないもの。わたしはあなたと違《ちが》う。イド・モルゴルへ追われるなんて、耐《た》えられない」

遥《はるか》は助けをもとめて、あたりを見回した。

「ナイアドは？」

「檻《おり》に入れられて、城《しろ》へ運ばれたわ」

かつん、かつん。

静かな足音が近づいて来た。

（夢魔《むま》？）

遥《はるか》はロラを抱《だ》きかかえ、息をのんだ。

霧《きり》の中からあらわれたのは、一頭のユニコーンだった。ナイアドではない。ナイアドよりひとまわり大きくて、角《つの》に黄金《おうごん》の輪をはめている。

「わたしを迎《むか》えに来たのね」

吐息《といき》のように、ロラがいった。そして残った力をふりしぼり、遥の腕《うで》をつかんだ。

「エリン、お願い。最後にわたしを許《ゆる》すといって。友だちを裏切《うらぎ》るのは、いちばん重い罪《つみ》だもの。罪をかかえたまま死にたくない」

ロラは必死の面持《おもも》ちで遥を見つめた。

「許すわ」と遥はいった。ロラはほっと息をつき、胸《むね》に抱《だ》いていた花の杖《つえ》を遥に渡《わた》した。

「夢魔を倒《たお》して、アウレリアを救って。生まれ変わったわたしが、美しい世界で生きられるように」

ユニコーンが、角《つの》の先でロラの胸《むね》にふれた。するとロラはふわりと立ち上がり、羽でも生えたように、かるがるとユニコーンの背《せ》にまたがった。その顔は透《す》きとおり、おだやかな表情《ひょうじょう》を浮《う》かべている。

「ロラ！」

遥《はるか》が呼《よ》んでも、ロラはふりむかなかった。ロラを乗せたユニコーンは、かろやかに走りだした。白い尾を打ちふり、たちまち霧《きり》の中に消えていく。

どくん。

手にした杖《つえ》が脈打った。

冷えきったからだに血がめぐるように、力が注ぎこまれてくる。遥は強い波動に身をまかせた。

(そうだ。この杖は王がその手で、魔法《まほう》を吹《ふ》きこんだもの。代々の司《つかさ》に受けつがれ、その意志で鍛《きた》えられてきたのだ)

なにより、花の司としてはじめて杖を握《にぎ》ったときの歓《よろこ》びが、ありありとよみがえってきた。この杖《つえ》を高くかかげて誓《ちか》ったのだ。アウレリアの永遠《えいえん》の安寧《あんねい》に、この身と魂《たましい》を捧《ささ》げると。

薄膜《はくまく》がはがれるように、視野《しや》が鮮明《せんめい》になっていく。気づけば身にまとっていたのは、女神《めがみ》のようなドレスと、きらめくマントだった。波打つ赤銅色《しゃくどういろ》の髪《かみ》が、白い胸《むな》もとに垂《た》れている。

そこに立っていたのは、エリンだった。


エリンは大気を吸《す》いこみ、深く息を吐《は》いた。

四肢《しし》に力がみなぎり、頭は冴《さ》え冴《ざ》えと澄《す》み渡《わた》っていた。世界の果《は》てでピンが落ちても、その音を聞き取れそうだ。そんなふうに感じるのは、いつ以来だろう？

エリンは池の水面《みなも》に、おのれのすがたを映《うつ》した。

（とうとう、ほんとうの自分を取り戻《もど》した）

井上遥《いのうえはるか》。イド・モルゴルでの自分は、なんと怯《おび》えて生きてきたことか！　いまのエリンとて、不安がないわけではない。けれどどんな状況《じょうきょう》でも、力を尽《つ》くせることがわかっていた。エリンの心には、ゆるぎない核《かく》があったのだ。

(アウレリアを夢魔《むま》から守る。それが、わたしの務《つと》め)

池にはロラがよみがえらせた蓮《はす》が一輪、ともしびのように咲《さ》いていた。エリンは、ロラと過《す》ごした日々を思いだした。

(わたしはロラを妹のように思っていた。ロラはいつもわたしを頼《たよ》って、あとについて来た。でも、そう。わたしは優越感《ゆうえつかん》から保護者《ほごしゃ》ぶっていた。ロラの魔法《まほう》の力は、わたしより劣《おと》っていたから)

ロラも、それを感じていたのだろう。だから自分を裏切《うらぎ》ったのだ。遥《はるか》の明日香《あすか》に対する劣等感《れっとうかん》を経験《けいけん》したいまは、ロラの気持ちも理解《りかい》できる。

(傲慢《ごうまん》なのはシレーヌだけじゃない。ロラを追いつめて死なせたのは、わたしでもあるんだ。ロラ、許《ゆる》してもらわなければいけないのは、わたしのほうよ)

ロラが咲かせた蓮のとなりには、枯《か》れた蓮があった。エリンは杖《つえ》をふるい、呪文《じゅもん》を唱《とな》えた。

水を吸《す》いこんだように、枯《か》れた蓮《はす》の花が首をもたげ、純白《じゅんぱく》の花を咲《さ》かせる。

(魔法《まほう》が効《き》いた。魔力が戻《もど》ったんだ)

エリンは、あらためて池を見渡《みわた》した。いますぐ、すべての蓮を救いたい。けれど魔力が無限《むげん》ではないことを、エリンは知っていた。

(ここで、力を使い果《は》たすわけにはいかない)

夢魔《むま》との戦いと、ナイアドの救出。ふたつとも、鍵《かぎ》は氷月湖《ひょうげつこ》にある。

「ごめんね。もう少し待っていて」

エリンは池の蓮たちに声をかけた。氷月湖は、ここから遠い。

(飛ぼう)

エリンは暗い空にむかって、杖《つえ》をかかげた。

矢が放たれるように、エリンは一瞬《いっしゅん》にして枯れた池を見下ろしていた。風がひゅんひゅんと頬《ほほ》を打ち、髪《かみ》をなびかせる。エリンはめくるめく快感《かいかん》に酔《よ》いしれた。重力から解放《かいほう》される感覚を味わうのは、なんとひさしぶりだろう！

彼方《かなた》には、アウレリアを守る防壁《ぼうへき》がオーロラのように光っている。強い魔法《まほう》で紡《つむ》ぎあげた防壁を、夢魔《むま》がくぐり抜《ぬ》けたのだろうか？

エリンは夢魔の顔を思いだして、身震《みぶる》いした。とけないままの謎《なぞ》。それにもまして、心にかかることがある。

（ナイアド）

ユニコーンへの想《おも》いが、エリンを流星に変えた。マントをはためかせ、ざわめく森を、生きものたちが逃《に》げまどう平原《へいげん》を、一直線に飛び越《こ》えて行く。

上空から見ると、夢魔の通り道を示すように、帯状《おびじょう》に植物が枯《か》れているのがわかった。白茶《しらちゃ》けたその帯は、氷月湖《ひょうげつこ》へと続いている。

けたたましい鳴き声を上げて、ハーピーの群《む》れが迫《せま》って来た。

「エリンか？」

「止まれ、止まれ、おまえは追放されたのだ！」

ハーピーは、いつにもまして殺気立っている。行く手をふさごうとするハーピーたちに、エリンは杖《つえ》をふるった。

「おどき！　おまえたちの相手をしている暇《ひま》はない！」

遥《はるか》だったときとは違《ちが》う、力強い声が出た。魔法《まほう》でフィトンの樹液《じゅえき》をまき散らすと、ハーピーたちは悲鳴とともに遠のいていく。

エリンは速度を上げた。氷に覆《おお》われた湖と、そのほとりに立つ城《しろ》が見えてくる。

（あそこにナイアドがいる。そして、氷の下で眠《ねむ》る王が）

湖上には漆黒《しっこく》の翼《つばさ》をひろげたシレーヌが立ち、エリンが来るのを待ち受けていた。

それに気づいたエリンは、ぎゅっと杖《つえ》を握《にぎ》った。

（シレーヌは魔法を使って、明日香《あすか》を自分に似《に》せたのだ。遥を苦しめて劣等感《れっとうかん》を抱《いだ》かせるために。なんて卑劣《ひれつ》なの！）

23

シレーヌは目をいからせ、湖上に舞《ま》い降《お》りたエリンに指を突《つ》きつけた。

「追放された罪人《ざいにん》が、よくも王の御前《ごぜん》に顔をだせたものね」

「ロラが死んだわ」

エリンはシレーヌの顔を正面から見すえた。

「あなたに追いつめられて」

「なんですって、ロラが？」

城《しろ》から飛んで来た風の司《つかさ》ビーが、高い声をあげる。エリンが手にした杖《つえ》を見て、シレーヌは顔をゆがめた。

「司の杖欲《ほ》しさに、おまえがロラを殺したのね。いますぐ、イド・モルゴルに送り返してやる」

杖をふり上げたシレーヌとエリンのあいだに、月の司セルが割《わ》って入った。

「司《つかさ》の杖《つえ》をむりやり奪《うば》うなど、だれにもできません。この危機《きき》のさなかに、仲間割《なかまわ》れをしている場合ではないでしょう。ロラがユニコーンの迎《むか》えを受けたなら、なおさらのこと」

「エリンなど無用。夢魔《むま》など、わたしひとりで倒《たお》してみせる」

シレーヌはぴしゃりというと、ビーとセルに、疑《うたが》いの目をむけた。

「夢魔と同時にエリンがあらわれるとは、妙《みょう》な成りゆきね。そもそもエリンが、ひとりでイド・モルゴルから抜《ぬ》けだせるものかしら。あなたがたが、こっそり手助けしたのではないの？」

「わたしは、なにもしてないわよ！」

自分は無実だと、風の司が両手を上げる。

「でもセルのいうとおり、内輪《うちわ》もめしている場合じゃないわ。そこらじゅうで異変《いへん》が起きているのに、夢魔がどこにいるか、わからないのですもの。強い魔力の持ち主は、ひとりだって多いほうがいい」

「その夢魔《むま》のことだけれど」と、エリンは口をはさんだ。「どんなすがたをしているか、あなたがたは知っているの？」

「とがった耳に裂《さ》けた口、みにくい尾をもつバケモノ」とビーが早口で答えた。「それに、夢魔には影《かげ》がないというわ」

「すがたかたちはどうであれ、邪悪《じゃあく》な気配《けはい》で、それとわかるはずよ」

シレーヌが、邪険《じゃけん》にいう。

「夢魔は、相手が恐《おそ》れるものに、すがたを変えるともいわれています」

そういったのは、月の司《つかさ》のセルだ。

「エリン。どうして、いまさらそんなことをきくのです？」

セルの問いに答えようとしたエリンを、シレーヌがさえぎった。

「時間稼《かせ》ぎをしようとしても、その手には乗らないわ。アウレリアから去らないと、だいじなユニコーンが困《こま》ったことになるわよ」

シレーヌが杖《つえ》をふるうと、氷上に忽然《こつぜん》と鉄の鳥籠《とりかご》があらわれた。中には、鎖《くさり》につながれたユニコーンがいる。

「ナイアド！」とエリンは叫《さけ》んだ。

「シレーヌ、なにをする気？」

風の司《つかさ》ビーは、あわてふためいた。

「ユニコーンは王獣《おうじゅう》なのよ。捕《と》らえるなんて不敬《ふけい》だわ。まさか、ユニコーンを傷《きず》つける気じゃないでしょうね」

「傷をつける気はないわ」

シレーヌの目が、氷のように光る。

「氷の中に閉《と》じこめるだけ。王獣らしく、王を守って眠《ねむ》ればいい」

（そんな！）

「ああ、シレーヌ」

月の司セルは、悲痛《ひつう》な顔で天を仰《あお》いだ。

「そんな残酷《ざんこく》なことを考えるとは。あなたは夢魔《むま》に心を喰《く》われたのですね」

「世迷言《よまいごと》は聞きたくないわ。さあ、エリン、いますぐ杖《つえ》を置くのよ。今度こそ永遠《えいえん》に、イド・モルゴルに送り帰してあげる。ひとかけらの魔力《まりょく》もなく、みじめな一生を送るといいわ。たとえ『旅人』としてでも、アウレリアに来ることは許《ゆる》さない」

「エリン、杖を置くな！　おのれを捨ててはいけない！」

鎖《くさり》を鳴らして、ナイアドが叫《さけ》ぶ。

月の司《つかさ》セルはナイアドを救おうと杖を上げたが、シレーヌが悪鬼《あっき》のような顔をむけると、手がしびれて杖を下ろした。

苦痛《くつう》に顔をゆがめて、セルがいった。

「恐《おそ》ろしいこと。シレーヌ、これほどの魔力を、あなたはどうやって手に入れたの？」

「もともと、あなたたちとは次元が違《ちが》うわ」

エリンは激《はげ》しくもがいているナイアドと、邪気《じゃき》に満ちたシレーヌを見くらべた。氷の中に横たわるナイアドのすがたが、ありありと目に浮《う》かぶ。

選択《せんたく》の余地《よち》はなかった。その場に膝《ひざ》をつき、花の司の杖を氷上に置く。満足げに目を光らせたシレーヌが、鳥の司《つかさ》の杖《つえ》をかかげた。

「エリン、だめだ！」

ケーン。

するどくいないて、ナイアドが檻《おり》に角《つの》を叩《たた》きつけた。ぼくっと鈍《にぶ》い音がして角が折れ、そこからルビー色の血が吹《ふ》きだした。

（ナイアド！）

エリンは声にならない悲鳴をあげ、巨大《きょだい》な鳥籠《とりかご》に飛びついた。鉄格子《てつごうし》のあいだから、倒《たお》れたナイアドに手を伸《の》ばす。

「なんてことをするの！　すぐに血を止めるわ！」

しかしエリンが杖をふるっても、痛《いた》ましい傷口《きずぐち》はふさがらなかった。ナイアドは苦しげにあえぎ、泡《あわ》を吹《ふ》いている。

ヒィー、ルゥー。ヒィー、ルゥー。

長く尾をひく、ユニコーンたちの鳴き声がした。いつのまにかユニコーンたちが集まり、氷月湖《ひょうげつこ》のまわりを囲んでいたのだ。

「わたしは……黄泉《よみ》の谷に行く。おまえは、おまえとして生きるのだ。そうすれば、いつかまた、めぐり逢《あ》う日も来るだろう」

ナイアドの青く濡《ぬ》れた目から、光が失われていく。

「ナイアド！　だめ、死なないで！」

エリンは喉《のど》をからして叫《さけ》び、鉄格子《てつごうし》のあいだから伸《の》ばした腕《うで》で、ナイアドを抱《だ》きしめた。

一頭のユニコーンが、群《む》れを離《はな》れた。氷の上を駆《か》けてきて、角《つの》でナイアドにふれる。ナイアドはふわりと起き上がり、鉄格子をくぐり抜《ぬ》けた。ほの白い光につつまれたナイアドは、一陣《いちじん》の風のように駆け去って行く。

「ナイアド、行かないで！」

エリンはすぐさま、あとを追おうとした。けれど月の司《つかさ》セルが、エリンの腕をつかんだ。

「あれを」

セルは、震《ふる》える手で空を指さした。

血のように赤く、不気味《ぶきみ》なほど大きな月が、暗い雲のあいだから顔をだしている。

「赤い月が昇《のぼ》るとき

王は眠《ねむ》りから目覚め

永遠《えいえん》の妃《きさき》をめとる」

そう碑文《ひぶん》が告げていた、赤い月が。

24

エリンと三人の司《つかさ》は、煌々《こうこう》と光る赤い月を、息をのんで見上げた。

「赤い月」

その月のように真紅《しんく》のくちびるを開いたのは、シレーヌだった。

「夢魔《むま》が死ねば、その血に染《そ》まって赤い月が昇《のぼ》ると思っていたのに……」

「不吉《ふきつ》だわ。ユニコーンが死んだとたんに、赤い月が出るなんて」

風の司は首をすくめて月を見上げ、杖《つえ》を握《にぎ》りしめている。

「あそこに！」

エリンが、するどい叫《さけ》びをあげた。

ぼわぼわした黒い影《かげ》が、忽然《こつぜん》と湖の上に立っていた。影は王の眠《ねむ》る場所に近づくと、吸《す》いこまれるように氷の下に消えた。

「王が！」

シレーヌが顔色を変えると、するどい音を立て、氷に亀裂《きれつ》が入った。そこからあらわれたのは、身を起こした王だった。

王の顔は深い憂《うれ》いを帯《お》び、そのまぶたは閉《と》じられたままだ。

「王さま！」

シレーヌが歓喜《かんき》に震《ふる》えて近づこうとすると、凍《こお》った湖面に落ちていた王の影《かげ》が、不自然にうごめいた。影はとつぜん身をもたげ、ひとのかたちとなって、王のとなりに並《なら》んだ。

影は、王とうりふたつだった。ただ影のほうは、かっと目を見開いている。その目の色は、空に浮《う》かんでいる月のように、毒々しく赤い。

エリンたちは怖《おそ》れおののき、ふたりの王を見つめた。

王の影が邪悪《じゃあく》な存在なのは、あきらかだった。清らかな香気《こうき》をまとう王とは真逆《まぎゃく》で、血走った目は狡猾《こうかつ》そうにぎらついている。

「だから夢魔《むま》は、王の顔をしていたのね」

エリンがつぶやくと、三人の司《つかさ》は、いっせいにエリンに目をむけた。

「どういうこと？」

「わたしは夢魔《むま》の正体《しょうたい》を探《さぐ》っていた。魔法《まほう》で見えたのは王の顔でした」

王とその影《かげ》から目をそらさず、エリンは答えた。

「どうして夢魔が王とそっくりなのか、わたしは王に直接ききたかった。だから禁忌《きんき》を犯《おか》して、王を眠《ねむ》りから覚まそうとしたんです」

「どうして、そのことをわたしたちにいわなかったの？」といったのは月の司だ。

「いったら、信じてくれましたか？」と、エリンはシレーヌに顔をむけた。シレーヌは困惑《こんわく》して、ふたりの王を見つめている。

「王の影が夢魔だというの？　そんなはずはないわ。王よ、どうか教えてください。あなたの影は、なぜこのように恐《おそ》ろしげなのですか？」

「エリンが司の誓約《せいやく》にのぞんだとき、わたしは、彼女《かのじょ》がいずれ夢魔の正体を見抜《みぬ》くことがわかった」

きしむような声で返事をしたのは、目を閉《と》じたままの王だ。

「だから、わたしは苦笑したのだよ。アウレリアの秘密《ひみつ》が暴《あば》かれることを怖《おそ》れて」

「では、エリンが王妃《おうひ》になると思って、微笑《ほほえ》まれたのではないのですね！」

シレーヌはほっとしていたが、エリンは王に迫《せま》った。

「王のお顔に浮《う》かんだのが微笑《びしょう》でないことは、わかっていました。それより、アウレリアの秘密とはなんなのですか？」

しばし沈黙《ちんもく》が流れた。王の影《かげ》は無言のまま、にたにたしている。

「アウレリアを害する夢魔《むま》とは、わたしの分身であり、影なのだ」

ようやく返ってきた王の言葉に、司《つかさ》たちは凍《こお》りついた。

「わたしは魔法《まほう》の力で、アウレリアをこの世の楽園《らくえん》にしたいと望んだ。真、善《ぜん》、美。喜ばしいものだけがこの地に満ちるように。そのためには、まずおのれの中の悪を滅《ほろ》ぼし、わが身を浄化《じょうか》しなければならなかった。しかしそれに失敗し、わたしの影は夢魔に変じてしまったのだ」

王は、青ざめた顔でうなだれた。

「アウレリアに巣食《すく》っていた悪鬼《あっき》や妖魔《ようま》は、追い払《はら》うことができた。しかし、おのれの分身である夢魔《むま》を滅《ほろ》ぼすことはできない。夢魔が死ねば、わたしも死ぬ。だからわたしは、みずからを氷の中に封《ふう》じこめたのだ」

「なぜそのことを、秘密《ひみつ》にされたのです？」

エリンは、王をなじった。

「せめて司《つかさ》たちには、真実を告げるべきでした。そうすれば、夢魔を抑《おさ》えこむ方法を考えることもできたのに」

「そうしたくとも、夢魔を封じるのが精いっぱいだったのだ。しかしその魔《ま》法《ほう》も、永《えい》遠《えん》には続かない。赤い月は、封じの魔法が切れる警告《けいこく》のしるしだ」

「前の災《わざわ》いの年（ユーレ）にも、魔法が切れたのですね」

「そうだ。夢魔はわたしの中から出てきて、アウレリアを汚《けが》した。司たちの力でふたたび夢魔を封じることはできたが、グリマは犠牲《ぎせい》となった。そして生き残った司のルシルが、城《しろ》の碑文《ひぶん》を刻《きざ》んだのだ。表沙汰《おもてざた》にはできないが、グリマの死を悼《いた》むために」

「永遠《えいえん》の妃《きさき》をめとるとは、そういうことだったのですね」

口を開いたのは、月の司《つかさ》だった。

「『かくしてアウレリアは再生《さいせい》した』。年代記は、真実の一部を伝えていたのです。災《わざわ》いの年（ユーレ）とは、夢魔《むま》がふたたび封印《ふういん》され、アウレリアが再生する年を意味していた」

王の影《かげ》が、くつくつと笑いだした。

「前とおなじ成りゆきになると、決まったものでもあるまい」

その声は王に似《に》ていたが、声音《こわね》には毒があった。苦しげな王とは反対に、影である夢魔の目はぬらぬらと光り、活力がある。

「わたしこそがアウレリアの王であり、おまえたちの王はいまや、儚《はかな》い影となったのだ。防壁《ぼうへき》の中に閉《と》じこもる時は終わり、アウレリアは解放《かいほう》されて闇《やみ》の帝国《ていこく》となる。箱庭の平和など、守る価値はない」

「夢魔《むま》を封じるのだ……手遅《ておく》れにならないうちに」

王が、ぐらりと倒《たお》れて膝《ひざ》をつく。

「お任《まか》せください！」

シレーヌは高らかにいうと、杖《つえ》をふり上げ、夢魔のからだを鋼鉄《こうてつ》の鎖《くさり》でしばりあげた。

「王を苦しめる者は、わたしが許《ゆる》さない！」

しかし夢魔は、いっこうにこたえた様子がなかった。苦悶《くもん》の叫《さけ》びをあげたのは、湖面にくずれた王のほうだった。

「愚《おろ》かなまねはよすのだな、シレーヌ。わたしは王の分身。わたしにむけた術《じゅつ》は、王がかぶることになるのだぞ」

夢魔がからだを揺《ゆ》すると、鎖は王のからだに巻《ま》きついた。

「そんな……」

シレーヌはくちびるを噛《か》んで、すぐさま術をとく。

キエーッ、ギエーッ。

上空にいたハーピーたちが入り乱《みだ》れ、歯を鳴らし、おたがいを攻撃《こうげき》しはじめた。抜《ぬ》け落ちた黒い羽が、エリンたちの上に降《ふ》ってくる。

「おやめ、おまえたち、なにをしている！」

シレーヌが叫《さけ》んでも効果《こうか》はなかった。夢魔《むま》はからからと笑い、空を見上げた。

「それ、ぞんぶんにやりあうがいい。日ごろから、たがいに不満をもっていたのだろうが。いまこそ、それをとき放つのだ！」

（夢魔を攻撃すれば、王が苦しむ。いったい、どうしたらいいの？）

「力で抑《おさ》えこむのではなく、べつの方法を考えないと」

すばやくいったエリンを無視《むし》して、シレーヌはビーとセルに顔をむけた。

「前の司《つかさ》たちがなにをしたか、わかったわ。解毒《げどく》の術《じゅつ》の応用《おうよう》よ。夢魔のもつ毒、つまり邪気《じゃき》を吸《す》い上げて、べつのものに移《うつ》す。そしてそれを焼き払《はら》えば、王を害さずに夢魔を封《ふう》じられる」

「べつのもの？　人形でも使うの？」

ビーは勢《いきお》いこんできいたが、セルは首を横にふった。

「人形には、あれほどの邪気《じゃき》をとどめておく力がない。生身《なまみ》で、魔力《まりょく》をもつ器《うつわ》がいります。以前グリマが死んだのも、そのせいでしょう。わたしが、毒を受けとめます」

「セル、だめよ！」

エリンとビーは驚《おどろ》いて声をあげたが、シレーヌは動じなかった。

「いいえ、犠牲《ぎせい》になるのはあなたじゃない。ここには正式な司《つかさ》どころか、追放された罪人《ざいにん》がいるのだから」

そしてシレーヌは、まっすぐにエリンを指さした。

25

「たしかに、その通りだわ。力のある器《うつわ》がいる。アウレリアのために身を捧《ささ》げるのは本望《ほんもう》です」

エリンが迷《まよ》わず即答《そくとう》してみせたので、シレーヌは一瞬《いっしゅん》ひるんだ。

「エリン、若《わか》いあなたが犠牲《ぎせい》になってはいけません」

セルはそういったが、エリンはすぐさま夢魔《むま》にむき直り、杖《つえ》をふるった。

夢魔がげほっと咳《せき》こみ、黒い煙《けむり》が吐《は》きだされる。煙はのたうつようにたなびき、エリンの中に取りこまれた。ヘビを呑《の》みこんだような息苦しさに、エリンはからだを曲げた。

「エリン！」

悲痛《ひつう》な叫《さけ》びをあげたセルとビーを、シレーヌはにらみつけた。

「もう後戻《あともど》りはできない。やるしかないのよ！」

シレーヌが夢魔《むま》に、強力な術《じゅつ》を投げつける。

くちびるをひき結び、ビーが杖《つえ》を上げた。セルも、蒼白《そうはく》な顔でそれに続く。三人の司《つかさ》はあらん限《かぎ》りの力を尽《つ》くして、夢魔から邪気《じゃき》を引きだし、エリンに注ぎこんだ。

エリンは全身が、べったりと黒く塗《ぬ》りつぶされていく気がした。そそぎこまれる暗黒をふり払《はら》いたい衝動《しょうどう》を抑《おさ》え、毒を内に溜《た》めこみ、逃《にが》すまいとする。目も漆黒《しっこく》に変じ、なにも見えなくなった。

(ああ、ナイアド、力を貸《か》して。これが終わったら、わたしはあなたのもとに行くわ)

夢魔は吸《す》い上げられる力を取り戻《もど》そうと、身をよじって吠《ほ》えていた。しかし赤く充《じゅう》血《けつ》していた目は、しだいに光をうしない、そのからだも縮《ちぢ》みはじめている。

シレーヌは勝利を確信《かくしん》し、もだえ苦しむエリンに目をやった。

(もうすぐエリンは死に、王は救われる)

「それでいいのか……シレーヌ」

ひとの形をうしなった夢魔が、舌足《したた》らずな声をだした。

「犠牲《ぎせい》となった者は、王の永遠《えいえん》の妃《きさき》となるのだ。王とひとつになり、氷の下で眠《ねむ》る。その座《ざ》を、エリンに渡《わた》してもいいと？」

はた目にもあきらかに、シレーヌは動揺《どうよう》した。

「おまえの中にある暗黒が見えるぞ。その邪気《じゃき》が、わたしに力をくれるだろう」

夢魔《むま》はそういってシレーヌに飛びつき、そのからだを抱《だ》きしめた。

「シレーヌ、目が！」とセルが叫《さけ》んだ。

「なに……」

「あなたの目よ、夢魔のようにまっ赤《か》だわ！」

ビーがわめくのと同時に、シレーヌにはわかった。夢魔が自分に憑《と》りついたのだ。自分の魔力《まりょく》をむさぼり、また力を得ようとしている。

エリンは這《は》うようにしてシレーヌに近づき、夢魔の力を吸《す》い取ろうと、シレーヌの足首をつかんだ。しかしエリンが溜《た》めこんでいた夢魔の邪気は、逆《ぎゃく》にシレーヌの中に吸いこまれはじめた。エリンは手を離《はな》そうとしたが、肌《はだ》はシレーヌに吸いつき、びくともしない。

このままでは、夢魔《むま》に乗っ取られる。シレーヌは、それを悟《さと》った。

かすれる声で呪文《じゅもん》を唱《とな》え、シレーヌは杖《つえ》で深々と自分の胸《むね》を貫《つらぬ》いた。

エリンの手が、ぱっとシレーヌから離《はな》れた。シレーヌの目の色が戻《もど》り、影《かげ》がざっと崩《くず》れ落ちた。胸に深い傷《きず》を負ったシレーヌも、がくりと倒《たお》れこむ。

「シレーヌ！」

ビーとセルは、シレーヌに駆《か》け寄《よ》った。シレーヌは、いまわの際《きわ》にあった。湖を囲んでいたユニコーンたちが、いっせいに尾をふって背《せ》をむけ、四方へ駆け去って行く。

「どうして、ユニコーンたちは行ってしまうの？」

風の司《つかさ》が、おろおろと声をあげる。

「わた……しは、黄泉《よみ》の谷には行かない。永遠《えいえん》に、王とともに……ある、から」

シレーヌのくちびるが、わなないた。

「そうだ。わが妃《きさき》よ」

生気《せいき》を取り戻《もど》した王が、かがみこんでシレーヌに口づけをした。王が氷上に落としている影《かげ》は、いまやなんの邪気《じゃき》もなく、深い紫色《むらさきいろ》をしている。

「そなたのおかげで、影は封《ふう》じられた。これでわたしは、再生《さいせい》の魔法《まほう》をかけることができる。そなたはわたしとともに、アウレリアを守るのだ」

「わがきみ」

とげとげしさが拭《ぬぐ》われ、シレーヌはなんとも柔和《にゅうわ》な表情《ひょうじょう》になった。幸福な笑《え》みを浮《う》かべ、シレーヌはそのまま動かなくなった。

王はシレーヌを抱《だ》きかかえ、そのまま湖中《こちゅう》に帰っていく。

王が氷の中に身を横たえると、シレーヌのすがたは王の中に溶《と》けるように消えた。

王は、ふたたびそのまぶたを閉《と》じた。

「望みどおり、シレーヌは永遠《えいえん》の妃《きさき》になったのですね」

月の司《つかさ》セルが、胸《むね》に手をあてる。

エリンは空を見上げた。赤い月は雲に洗《あら》われ、蜂蜜色《はちみついろ》に変わっていった。

26

薫風《くんぷう》が、緑の野を渡《わた》っていく。アウレリアはあたらしい息吹《いぶき》に萌《も》え、木々は歌うようにそよいでいた。そのあいだを、鳥たちがかろやかに飛び抜《ぬ》けていく。

ペルルとパドリンは、ずしりと重い実をつけたリンゴの樹《き》を見上げていた。

パドリンが、つやつやした黄金色《こがねいろ》のリンゴをもぎ、しゃりっと歯を立てる。

「うまっ。いつ食べても最高だ」

ペルルは、うっとりと果実《かじつ》の香気《こうき》をかいでいた。

「なにもかも、もとどおりになったのね。リンゴの樹もうれしくて、笑ってるみたい」

「もとどおりって、なんのことだい」

パドリンが、不思議そうにきいた。

「夢魔《むま》が入りこんで、すごく怖《こわ》かったじゃないの。まっ赤《か》な月が浮《う》かんで」

「悪い夢《ゆめ》でも見たのかい？　夢魔がアウレリアに入れるわけがないさ。魔法《まほう》の防壁《ぼうへき》があるんだから」

ペルルは目を丸くしたが、パドリンは、ほんとうになにも覚えていないようだ。

「ほら、ペルルも食べなよ。これなんか良さそうだよ」

パドリンはリンゴをもいでペルルに渡《わた》した。ひと口かじって、ペルルはしみじみといった。

「おいしい」

甘《あま》い果汁《かじゅう》が、からだにしみ渡っていく。

(リンゴをこんなにおいしいと思ったの、はじめてだわ。怖《こわ》い思いをしなかったら、アウレリアがどれだけすばらしいところか、気づけなかったかもしれない)

「ペルル、どうして泣いているの？　なにか、いやなことがあったのかい？」

ペルルは首を横にふった。

「そうじゃないの。あんまり幸せで、涙《なみだ》が出て」

「幸せだったら、泣くのはおやめよ」

「ああ、パドリン、パドリン、大好きよ。わたしたちずっと、友だちでいましょうね」

ペルルはパドリンの首にしがみついた。

「急にどうしたんだい？　もちろんぼくたちは、ずっと仲よしだよ」

ペルルとパドリンは笑いながら、リンゴを籠《かご》に入れはじめた。


あたらしい鳥の司《つかさ》と、花の司が選ばれた。

エリンが、ふたたび花の司になることはなかった。手当てを受けて死を免《まぬが》れたものの、魔力《まりょく》はすっかり失われていたからだ。

飛べなくなったエリンは森をさまよい、ナイアドの生まれ変わりを探《さが》した。

それは生まれたばかりのユニコーンかもしれないし、一匹《ぴき》の魚か、水中に咲《さ》く花の一輪かもしれなかった。黄泉《よみ》の谷で再生《さいせい》した命が、どんなふうに戻《もど》って来るか、だれにもわからないからだ。

(ナイアドの生まれ変わりなら、どんなすがたになっていても、わたしにはわかるは

ず）

エリンはそう信じ、倦《う》むことなくアウレリアをさまよった。足しげく通ったのは、フィトンの林と、はじめてナイアドと会った中州《なかす》だ。けれど、どれだけ目をこらしても、ナイアドの生まれ変わりを見つけることはできなかった。

大地に身を横たえ、エリンは四つ葉のクローバーを涙《なみだ》で濡《ぬ》らした。

会いたい。

なにを見ても、思いだすのはナイアドの白い首筋《くびすじ》だけ。

そんなある日、疲《つか》れてしゃがみこんでいたエリンに、一頭の幼《おさな》いユニコーンが近寄《ちかよ》って来た。

「ナイアド？」

エリンの胸《むね》は歓《よろこ》びに羽ばたいたが、ユニコーンの目をのぞきこんだエリンは、それがナイアドではないことがわかった。ユニコーンはエリンの孤独《こどく》を感じ、慰《なぐさ》めるために寄《よ》ってきたらしい。

「いい子ね」

エリンはユニコーンの鼻面《はなづら》を、そっとなでた。ユニコーンが、うれしそうにしっぽをふる。

視線《しせん》を感じて顔を上げると、そこに「旅人」がいた。

ランニングシャツを着た初老の男。ヒゲを生やした顔には見覚えがあった。

遥《はるか》の、画家の祖父《そふ》だ。下半身は輪郭《りんかく》だけで、風景が透《す》けて見えている。

「旅人」はエリンとユニコーンをじっと見ていたが、ふっと消えてしまった。

(そうか。遥がもらった絵は、いまのわたしとユニコーンを描《か》いたものだったのね。

「旅人」は空間だけでなく、時間にも縛《しば》られていないから)

ケーン、といういななきが聞こえ、幼《おさな》いユニコーンは、さっとふりむいた。

「ほら、お母《かあ》さんが探《さが》しているわ。早く行きなさい。もう、わたしに近づいてはだめよ」

エリンは、幼《おさな》いユニコーンが群《む》れのもとに帰るのを見送った。壮大《そうだい》なさみしさに襲《おそ》われ、エリンは奥歯《おくば》を噛《か》みしめた。


星の降《ふ》る晩《ばん》、月の司《つかさ》セルがエリンを訪《おとず》れた。

「ナイアドは自分の命と引きかえに、あなたに自分らしく生きることをもとめた。なのにあなたは、生きることをやめてしまったのね。面影《おもかげ》を追う幽鬼《ゆうき》になったあなたを見たら、ナイアドはなんというかしら」

「わたしは魔力《まりょく》をうしなった身。ナイアドのいない世界で、どうやって生きろというのでしょう」

フィトンの幹《みき》にもたれていたエリンは、ものうげに答えた。

「このごろ、すさんでいたシレーヌの気持ちがわかるのです。届《とど》かない相手への想《おも》いは、毒のように心を蝕《むしば》む。でもいまでは、いっそシレーヌがうらやましい。想いをかなえ、永遠《えいえん》に王と共にあるのですから」

セルは話を変えた。

「ビーと話し合ったのですが、夢魔《むま》が王の影《かげ》だということは、司《つかさ》だけの秘密《ひみつ》にすることにしました。あなたは、どう思いますか？」

「王は敬愛《けいあい》すべき聖者《せいじゃ》で、夢魔はアウレリアの外にいる。そうしておいたほうが、平和は保たれるかもしれません」

エリンはセルに目をむけた。

「でもわたしは、みなも真実を知るべきだと思います。王が秘密をかかえていること自体が、夢魔に力を与《あた》えていたのではないでしょうか」

「あなたのいうことも、わかります。けれど重荷《おもに》を背負《せお》うのは司だけでいいというのが、わたしたち四人がだした結論です」

「ではわたしには、口出しする権利《けんり》はありませんね」

月の司はフィトンの香《かお》りを吸《す》いこんだ。

「まもなく、ユニコーンがわたしを迎《むか》えにくるでしょう。一抹《いちまつ》の寂《さび》しさがないといえば嘘《うそ》になりますが、わたしはセルとしての人生に満足しています。再生《さいせい》をへて魔法《まほう》の力はアウレリアにみなぎり、頼《たの》もしい後継者《こうけいしゃ》たちもいる。去るにはいい潮時《しおどき》です」

「さみしくなりますね」

「さみしがる必要はありません。いずれどこかで、わたしの生まれ変わりに会うでしょう。つぎはヘビになるのも、おもしろいかもしれません。あれは、とても優雅《ゆうが》な生きものですから」

「あなたなら、望むものに生まれ変われるでしょう。でも、ナイアドはどこにもいない」

苦い笑《え》みを浮《う》かべたエリンに、セルはいった。

「王獣《おうじゅう》であるユニコーンは、わたしたちよりはるかに長い時を生きる。生まれ変わりの法則《ほうそく》も、ほかの生きものとは違《ちが》うといいます。ましてナイアドは、みずから命を絶《た》ったのですからね。黄泉《よみ》の谷へ行ったら、ナイアドがどうなったか知らせてあげましょう」

エリンは、はっと顔を上げた。

「ほんとうですか?」

「便《たよ》りは水に託《たく》します」

セルは白い手を伸《の》ばして、エリンの頭をなでた。その感触《かんしょく》は、エリンに遥《はるか》の祖母《そぼ》の手を思いださせた。祖母の手はもっと骨《ほね》ばって血管が浮《う》かび、関節が曲がっていたが。

(イド・モルゴルには、弱弱しく衰《おとろ》えた老人がたくさんいた。老いが表に出ないアウレリアとは違《ちが》う。あそこに生きるひとびとは、なんという重荷を背負《せお》っていることか)


セルがユニコーンの背《せ》に乗ったのは、それからまもなくのことだった。

エリンは日がな小船を操《あやつ》り、水路の水面《みなも》に目をこらした。セルからの便りが待ちきれなかったのだ。

そしてついに、それらしいものが上流から流れてきた。銀色の柳《やなぎ》の葉。ひろい上げると、葉の上には細く流麗《りゅうれい》な文字が光っていた。

「ナイアドはイド・モルゴルに追放された」

(イド・モルゴル)

エリンは柳《やなぎ》に綴《つづ》られた文字を読み返した。

あの、滅《ほろ》びの世界。最期《さいご》の時にユニコーンが迎《むか》えに来ることもなく、生まれ変わって、あらたな生を送ることもない。命の誕生《たんじょう》は苦痛《くつう》をともない、残酷《ざんこく》な老いが待つ世界。

(でも、それがなんだというのだろう。アウレリアも楽園《らくえん》ではない。また七百旬目《じゅんめ》の年がくれば、夢魔《むま》がうごめき、赤い月が昇《のぼ》るだろう。イド・モルゴルが滅びの世界なら、アウレリアは循環《じゅんかん》の世界。永遠《えいえん》の楽園は黄泉《よみ》の谷を越《こ》えた、その彼方《かなた》にあるのだ)

ナイアドとめぐり合うことができれば、イド・モルゴルからでも、ほんとうの楽園へ旅立てるかもしれない。エリンには、そう思えた。

エリンは、水面《みなも》に映《うつ》る自分のすがたを見た。その顔が、ふっと井上遥《いのうえはるか》の顔になる。

遥は、せつなげにエリンを見上げた。

「この水路を夢見《ゆめ》ていただけのころに、戻《もど》りたい。あのころのアウレリアは、完璧《かんぺき》な世界だったのに」

「わたしもアウレリアが楽園《らくえん》だと思っていたころが、なつかしい。自分ではそう思っていなかったけれど、なんて幸福だったのだろうと、いまでは思うわ。あのころの輝《かがや》きは失《う》せ、二度と戻《もど》りはしないでしょう」

「アウレリアで、気高《けだか》く生きて。イド・モルゴルでは、魔法《まほう》の力は病気だといわれる。またあの世界に戻れば、わたしはあなたのことを忘《わす》れてしまうわ。自分がエリンだということも、なにもかも」

「そうね。でも、ナイアドのことだけは忘れないで」

水面《みなも》に映《うつ》った遥《はるか》は目を閉《と》じ、かき消えてしまった。

エリンは遥に、もっと伝えたいことがあった。

遥はサーヤたち三人を光の世界の住人だと思っているけれど、あの三人だって、それぞれに孤独《こどく》と悩《なや》みをかかえているのだ。もっと自分自身を愛してほしいし、祖父《そふ》の霊《れい》は、いつも遥《はるか》を見守っている。

いつか遥にも、そのことがわかるだろう。

エリンは櫂《かい》をこぎ、舳先《へさき》を反転させた。琥珀色《こはくいろ》の木々の下、エメラルドのように光る水面《みなも》を、小船はすべるように進みはじめた。水路の彼方《かなた》は、イド・モルゴルへの入り口だ。

かつて遥が夢《ゆめ》でたどった水路を、エリンはさかのぼっていた。首を上げ、毅然《きぜん》と前をむいて。

必ず、ナイアドを探《さが》しだす。その決意を胸《むね》に。

27

明日香《あすか》の声が聞こえた。

「ごめんね」

らしくないことに、声が弱弱しい。

「わたし、見たんだ。おじいちゃんのアトリエが菜の花畑になっていて、遥《はるか》がその中にいた。でも、そんなことがあるわけないって、なにも見なかったふりをした。絵の中に入りこんだのは、遥の思いこみ。わたしはまともで、おかしいのは遥。お父《とう》さんやお母《かあ》さんに、そう思わせたんだよ。びびってたんだ。卑怯《ひきょう》なお姉《ねえ》ちゃんを許《ゆる》して」

遥が目をあけると、奇妙《きみょう》な物が見えた。

(ああ、そうか。あれは照明器具と、天井《てんじょう》だ)

人工的な水色のカーテンも見える。明日香が息をのむ音がした。

「お母さん、お母さん、遥が目を覚ました!」

遥《はるか》が横たわっていたのは、病院のベッドだった。

母親が泣いている。遥は頭が朦朧《もうろう》としていた。

「わたし、どうしてここにいるの？」

「こっちが聞きたいわよ。勝手に意識不明になったのは、遥なんだから」

むりやり笑顔《えがお》をつくって、明日香《あすか》がいった。


眠《ねむ》っているような、覚めているような時間が続いた。ひどく長い夢《ゆめ》を見ていた気がする。凍《こお》った湖。遠ざかって行く白い馬。でも夢のかけらを、まとめ上げることはできなかった。


目をあけると、父親がそばにいた。

「大丈夫《だいじょうぶ》だ。検査《けんさ》では、とくに異常《いじょう》は見つからなかったそうだよ」

「心配かけて、ごめんなさい」

「あやまることはない」

父親は遥《はるか》の髪《かみ》をなでた。父親になでられるなど、いつ以来だろう。

「お父《とう》さん」と遥はいった。「わたしのことが嫌《きら》いなんじゃない？　おじいちゃんに似《に》てるから」

驚《おどろ》いたように、父親は遥を見つめた。

「そんなことは、ぜったいにない」

父親は眉《まゆ》をひそめて、なにやら考えこんでいた。そして笑顔《えがお》をつくると、こういった。

「それに遥は、おじいちゃんには似てないぞ。顔立ちはおばあちゃん似だし、絵だってずっとうまいからな」

入院するのも、悪くないな。遥は、ぼんやりとそう思った。

入院していたのは数日でも、ひさしぶりの登校は怖《おそ》ろしかった。

(わたしがいないあいだに、くるみはグループに入りこんでいるだろう。わたしは居《い》心地《ごこち》が悪くなって、はみだしっ子になるんだ)

おそるおそる教室に入ると、サーヤが声をあげた。

「わあ、遥《はるか》、元気になったの?」

キヨとなっちゃんも、駆《か》け寄《よ》ってくる。

「よかったよかった、心配しちゃった」

「そうそう、やっぱり遥がいないとさみしいよ」

遥は目のはしで、くるみを探《さが》した。仲たがいしていたグループの子と、楽しそうに話している。

サーヤたち三人は光をまき散らすような勢《いきお》いでしゃべり、遥はぼうぜんとしていた。

くるみに取って代わられるというのは、取《と》り越《こ》し苦労《ぐろう》だったらしい。

「で、けっきょくどこが悪かったの? お見舞《みま》いに行ってもいいのか迷《まよ》ってたんだけど」

「ちょっと貧血《ひんけつ》だったみたい」

「美術部《びじゅつぶ》の先輩《せんぱい》、お見舞《みま》いに来てくれた？」

「えーっ、まさか」

「わかんないよ、眠《ねむ》ってるあいだに来てたかも」

「やだー、寝顔《ねがお》見に？」

教室が、ひどくほこりっぽく感じられた。けれどほこりの粒《つぶ》は光にあたって、きらきらと輝《かがや》いている。遥《はるか》はおしゃべりの渦《うず》に巻《ま》きこまれながら、ここで生きていけそうな気がしてきた。


憑《つ》かれたように絵を描《か》きあげ、遥は校内展《こうないてん》に作品を間に合わせることができた。けっきょく、校内展に自画像《じがぞう》をだした新入部員は五人だけだった。

寛之《ひろゆき》の作品は、絵筆を手にした自分が、自分自身をモデルに絵を描いているというシュールな絵。画面にはふたりの寛之《ひろゆき》がむき合っていて、ぽっちゃりした顔は、本人によく似《に》ている。

「いいアイデア。構図《こうず》が好き」

遥《はるか》がほめると、寛之はうれしそうに鼻の下をこすった。

瑠衣《るい》の自画像《じがぞう》はコラージュ。頭部は無数のスマホやコスメの写真。胴体《どうたい》にはペットボトルやお菓子《かし》のパッケージが貼《は》りつけてあって、胸《むね》にブリキ製《せい》のハートが光っている。こちらは、のぞきに来た生徒たちに受けていた。

上級生たちの作品もあり、江川《えがわ》部長の絵は意外にも、ひどくダークで荒々《あらあら》しいタッチのものだった。

(きっちりした絵を描《か》くタイプだと思ってたのに。闇《やみ》をかかえてる感じ)

ひとはあんがい、外面《そとづら》とは違《ちが》う世界をかかえているのかもしれない。

蒼汰《そうた》がだしたのは、アッサンブラージュの木箱。

ガラス張《ば》りの木箱には、正面奥《おく》にステンドグラス風の窓《まど》があり、壁《かべ》には白い梯子《はしご》や惑星《わくせい》の模型《もけい》がついている。窓《まど》の前には少女の人形があって、英字をつらねたリボンが羽衣《はごろも》のように巻《ま》きついていた。

「副部長のは、相変《あいか》わらずロマンティックだね」と、江川《えがわ》部長がからかうようにいった。

「はっきり、少女趣味《しゅみ》といってくれていいんですよ」

蒼汰《そうた》は、まじめくさって答えた。「ほめ言葉だと受け取っておきますから」

遥《はるか》は、小宇宙《しょううちゅう》を閉《と》じこめたような木箱に見入った。よく見ると、人形は左手に四つ葉のクローバーをもっている。

「この女の子、なんだか光ってるみたい」

「ああ、服に蛍光塗料《けいこうとりょう》を塗《ぬ》ってあるんだよ」

蒼汰は照れたように、コホンと咳《せき》ばらいをした。

(じつはそれ、井上《いのうえ》なんだけど)

遥が絵を通ってアウレリアに行った日、美術室《びじゅつしつ》の戸口に立っていたのは蒼汰だった。

美術室《びじゅつしつ》の明かりがともっているのに気がつき、遥《はるか》が消し忘《わす》れたと思って、自転車置き場から戻《もど》って来たのだ。

遥は美術室の中で、蜉蝣《かげろう》の羽のような淡《あわ》い光に包まれていた。

蒼汰《そうた》がまばたきすると、光は消えた。遥はじっと、スケッチブックを見下ろしていた。聖女《せいじょ》のように、と形容《けいよう》したくなる表情《ひょうじょう》を浮《う》かべて。

蒼汰はどぎまぎして、なにもいわずにその場を離《はな》れたのだ。

木箱の中の少女は、そのときの遥のすがたを模《も》したものだった。遥はそんなこととは知らず、熱心に箱をのぞきこんでいる。アウレリアのことは、すっかり記憶《きおく》から消えていた。

「井上《いのうえ》は、お姉《ねえ》さんに似《に》てるね」

蒼汰にそういわれて、遥はびっくりした。

「いや、ぱっと見はタイプが違《ちが》うけどさ。いま横から見たら、ひたいから鼻にかけての骨格《こっかく》がおなじラインっていうか」

「そんなこと、はじめていいわれました。いつも、ぜんぜん似《に》てないっていいわれるから」

「じゃあ、これからは『似てない』っていうひとに教えてあげるといいよ」

蒼汰《そうた》は、にっこり笑った。遥《はるか》はこそばゆくなって、手をこすった。

サーヤたち三人組がやって来たので、遥は自分の絵の前に移動《いどう》した。

遥が描《か》いたのは、ユニコーンのとなりに立つ自画像《じがぞう》だった。現実《げんじつ》とは違《ちが》う長い髪《かみ》が、目もとをすっぽり隠《かく》している。ユニコーンの瞳《ひとみ》は、冴《さ》え冴《ざ》えとしたセルリアンブルーだ。

「わあ、すごい上手《じょうず》」

「雰囲気《ふんいき》あるね」

三人は、口々に遥の絵をほめた。

「ぜんぜん、上手じゃないけど」

「ううん、遥、才能《さいのう》あるよ。いいなあ、なにか得意なことがあるって」

「サーヤだって、なんでもできるじゃない」

「できるってほどできることないもん。うらやましい」

サーヤは、そっとため息をついた。

「だいたいわたし、コンプレックスのかたまりだから。へんな声だし」

(コンプレックス？　サーヤが？)

「わたし好きだよ、サーヤの声。かわいくて」

「ほんと？　小学校のときモノマネされて最悪だった。だから、なるべく高い声ださないようにしてるの」

「サーヤにも悩《なや》みがあるんだね」

「やだ、あたりまえじゃない」

三人が帰ると、寛之《ひろゆき》がそばに寄《よ》ってきた。

「どーんとユニコーン描《か》いたんだ、潔《いさぎよ》いなあ」

「潔いって？」

寛之は、会場にいる瑠衣《るい》のほうをちらりと見た。

「副部長の去年の自画像《じがぞう》がユニコーンだったから、それ意識《いしき》したんじゃないの？」

「えっ、そんなこと知らなかった」

「マジで？　柳原《やなぎはら》さん、副部長に自画像見せてもらったんだってさ。で、井上《いのうえ》さんがユニコーン描《か》きはじめたから、ピリピリしてたんだよ。副部長のこと、いいっていってたし」

寛之《ひろゆき》は、うわさ好きのサラリーマンのような目つきをした。

「でも、もう冷めたみたいだよ。自分に興味《きょうみ》のない男には興味がないんだって」

寛之はスマホを取りだし、ぽてっとした親指を動かした。

「これ、柳原さんにもらった画像。去年の副部長の自画像」

木箱ではなく額縁《がくぶち》を使っていたが、それもアッサンブラージュだった。中学の教室のような空間で、背景《はいけい》の窓《まど》のむこうは森。左側には青いドレスの女性《じょせい》、右側には白いユニコーン。どちらも宙《ちゅう》に浮《う》いていて、そのまわりに銀のスプーンや鳥の羽が貼《は》りつけてある。

女性《じょせい》は手鏡《てかがみ》をユニコーンにむけていたが、ユニコーンの顔が映《うつ》っているはずの鏡の中には、蒼汰《そうた》の顔があった。

「『貴婦人《きふじん》と一角獣《いっかくじゅう》』を参考にしたらしいよ。そっちは、鏡にユニコーンが映ってるんだけど」

寛之《ひろゆき》が知識《ちしき》のあるところを披露《ひろう》して、鼻をうごめかせた。

「そういう絵があるの？」

寛之はそちらの画像《がぞう》もだしてくれた。赤い小花柄《こばながら》の背景《はいけい》。ユニコーンは、座《すわ》りこんだ貴婦人の膝《ひざ》に前脚《まえあし》をかけ、うっとりした表情《ひょうじょう》を浮《う》かべている。貴婦人のもつ手鏡には、ユニコーンの顔が映りこんでいた。うるわしい花園で、動物たちであふれている。

（この絵、どこかで見たことある）

「なに見てんの？」と瑠衣《るい》がのぞきこんできた。

「副部長の自画像の、元ネタ」と寛之が答える。

「ああ、あれ」と瑠衣《るい》は、さらりといった。「ユニコーンって美しいわよね。ほんとうにいたら、飼《か》ってみたい」

「でもユニコーンは清純《せいじゅん》な乙女《おとめ》にしか、なつかないんだよ」

「でもってなによ」

瑠衣は寛之《ひろゆき》にヘッドロックをかけた。

「あいたたた」

瑠衣は手を放して、遥《はるか》の作品に目をむけた。

「なんで髪《かみ》が赤いの？　変身願望？」

「さあ、なんとなく。色のバランス、かな」

「髪で隠《かく》さないで、しっかり顔を描《か》けばよかったのに」

「自分の顔、好きじゃなくて」

「好きなひとなんかいる？　わたしも大嫌《だいきら》いだよ、自分の顔」

「えっ、うそ」

「ほんとほんと。性格《せいかく》の悪さは自慢《じまん》だけど」

瑠衣《るい》は指の先に髪《かみ》を巻《ま》きつけ、不敵《ふてき》な顔で笑った。

(柳原《やなぎはら》さんって、なんか予測不能《よそくふのう》でおもしろい。副部長には、ほんとにもう興味《きょうみ》がないのかな)

瑠衣の横顔をうかがっていると、うしろから声がかかった。

「自信もって、自分を解放しなきゃならん」

ふりむくと、そこにいたのは顧問《こもん》の美術《びじゅつ》教師、小坂先生だった。

「早いこと生きるのをはじめないと、あっというまに老人になるぞ」

小坂先生は重々しくうなずき、肩《かた》をまわしながら去っていった。

「芸術家ってのは、やっぱり変わってるね」

寛之《ひろゆき》が、感心したようにつぶやいた。

校内展《こうないてん》の最終日。遥《はるか》が会場に行くと、蒼汰《そうた》が遥の作品の前に立っていた。

「ユニコーン、いいね。目が生きてる」

「ありがとうございます」

遥《はるか》はどぎまぎして、自分が描《か》いたユニコーンに目をむけた。なにか予感のようなものが胸《むね》をよぎったが、それがなんなのか、遥はつかみそこねてしまった。

「副部長も去年、ユニコーンを描かれたんですよね？」

「ああ。『貴婦人《きふじん》と一角獣《いっかくじゅう》』のパクリだって、さんざんいわれたけど。なんか昔から、中世《ちゅうせい》のタピスリーが好きでさ。いつか、金持ちになったら買いたいんだ」

まあむりかもな、と蒼汰《そうた》は頭をかいた。その首筋《くびすじ》に、遥は見とれる。

（ああ、だめだ、やっぱり好きになってしまった）

胸に満ちてくる想《おも》いには、はっきりした熱があった。このひとが好きだ。もう後戻《あともど》りできないだろう。どんなに苦しくても。

「絵って平面なんだけど、こう、描かれた世界の中へ入って行けそうな絵っていうのが、たまにあるんだよね」

「あ、それ、わかります」

遥《はるか》と蒼汰《そうた》の目が合った。絵の中のユニコーンが、目をきらめかせてふたりを見つめていた。

小森香折《こもりかおり》

東京都生まれ。
ちゅうでん児童文学賞大賞、新美南吉児童文学賞などを受賞。
作品に、
『ニコルの塔』（こみねゆら・絵）
『おそなえはチョコレート』（広瀬弦・絵）
『かわうそモグ』（長谷川義史・絵、以上BL出版）
『稲妻で時をこえろ！』（柴田純与・絵、文研出版）
『あやしい妖怪はかせ』（西村繁男・絵、アリス館）
「歴史探偵アン&リック」シリーズ（染谷みのる・絵）
「青の読み手」シリーズ（平澤朋子・絵、以上偕成社）
訳書に、
『リスベート・ツヴェルガーの聖書物語』（BL出版）、など。

さとうゆうすけ

岐阜県生まれ。
作品に、
『ノロウェイの黒牛』（なかがわちひろ・文、BL出版）
『夜の妖精フローリー』（シュリッツ・作、Gakken）
『こねこのウィンクルとクリスマスツリー』
（エインズワース・文、福音館書店）
『日曜日生まれの女の子』（中脇初枝・文、偕成社）、など。

ハルカの世界
2024年12月1日　第一刷発行
作＝＝＝＝小森香折
絵＝＝＝＝さとうゆうすけ
発行者＝＝落合直也
発行所＝＝BL出版株式会社
神戸市兵庫区出在家町2-2-20
電話　078-681-3111
https://www.blg.co.jp/blp
印刷・製本＝TOPPANクロレ株式会社
装幀＝＝＝細川佳
編集協力＝＝成澤栄里子

ISBN 978-4-7764-1151-2 C8093
NDC913 247P 20×14cm

小森香折の児童文学作品

五月の力　長新太・絵

学校って、疲れる。—まとまらない、さつきたちのクラス。原因は卒業生に送る劇「浦島太郎」の失敗か？

突然担任が代わり、どことなくカメに似た老教師がやってきた。

するとさつきには、あるはずのないものが見えるようになる。そして台風の夜、事件はおきた。

さくら、ひかる。　木内達朗・絵

教室でクモ騒ぎがあった日、希世は初めて寿和と話をした。それが、恋と異変の始まりだった。

〝糸の源蔵〟〝しだれのおりゅう〟〝土蜘蛛〟、次々に現れる、怪しの者たち。

自分の使命を知った希世は、務めを果たすのか。だがそれは、恋を失うことを意味していた…。

時知らずの庭　植田真・絵

リスのホップは見習い庭師。

ホップが楽しく働いているのは、謎めいた植物たちが騒動をおこす、特別な庭だった。

庭で見たことは、外にもらしてはいけない。ある日、ホップの友だちでいつも元気なドードー鳥のキミドリが、なぜかふさぎこんでしまった。そのわけは？

ウパーラは眠る　三村晴子・絵

修道院の秘密を知ってしまった、見習い修道女アイラ。

アイラが偶然拾ったのは、秘宝ウパーラが入った革袋だったのだ。

ウパーラは、王国の安泰を揺るがす、陰謀と関わっていた。

ウパーラの持つ神秘の力とは？　そして命をねらわれたアイラが、地底湖で見たものとは？